徳 間 文 庫

有栖川有栖選 必読! Selection 2

空 白 の 起 点

笹 沢 左 保

徳 間 書 店

C O N T E N T S

JOURNEY INTO THE VOID

1961

Design：坂野公一（welle design）

Introduction

有栖川有栖

本作『空白の起点』を笹沢左保作品の代表作とするミステリファンは少なくない。が、優に十指に余る傑作をものした作者であるから他の作品を強く推すファンも多く、代表作の一つと呼ぶのが妥当《だとう》か。

一九六〇年に『招かれざる客』で作家デビューするや、笹沢はその年のうちに四作の凝りに凝った長編本格ミステリを世に送った。とんでもないロケットスタートで、たちまちミステリ界の寵児《ちょうじ》となったのだ。

第五作にあたる『空白の起点』は江戸川乱歩が編集長を務めていた「宝石」誌（宝石社）に一九六一年第九号から第十二号まで連載された。同誌はミステリ作家にとっての檜舞台《ひのきぶたい》である。連載時のタイトルは『孤愁の起点』。

一九六六年には長谷和夫監督によって映画化（配給・松竹）もされている。

この頃には、もう押しも押されもせぬスター作家であった。

デビュー二年目の笹沢は、この作品で早くも二度目の直木賞候補となっている。私は当時の状況について詳しくないが（まだ積み木遊びも始めていなかったので）、謎解きを興味の中心とした〈推理小説でしかない小説〉が同賞に選ばれることがなかった時代によく候補になれたな、と思ってしまう。

おそらく、作者が提唱・実践した〈謎とロマンの融合〉の〈ロマン〉の部分が評価されたのだろう。デビュー後すぐに確立して最後まで持ち味とした、全編を包む哀感と悲劇性である。笹沢自身が「暗いムード」と称するものだ。

しかしながら、作者が書こうとしたのはあくまでも〈謎〉と〈ロマン〉であり、ムードと違って前者は何となく醸《かも》し出されるものではない。

『孤愁の起点』から『空白の起点』に改題されて本作がカッパ・ノベルス（光文社）から上梓された際のあとがきから引用してみる。

連載の予告に「松本清張氏ら社会派推理に挑戦する――」という一文があったため、「本格派がどういうつもりで社会派に挑戦するのだ」と冷やかされたという。笹沢は、両者が「相対するというのが、第一妙な気がする」という考えを示した上で、本格ミステリはそう量産がきかないことは書いてみたら判ったが、「一年に二本か三本は書かなければいけないと思います」と熱意のほどを語っている。

『空白の起点』は開巻するなりドラマチックで、読者をミステリの世界に引き込む。

真鶴海岸近くの崖から一人の男が落ちた。現場付近を走行していた急行の車窓から、何人もの乗客がそれを見る。目撃者の中には、転落した男の娘・小梶鮎子と主人公で保険調査員の新田純一も含まれていた。何者かに突き落とされたらしいことから男の死は事件となる。被害者が多額の生命保険に加入していたことを怪しんだ新田は、自分と似た翳《かげ》のある女・鮎子に心を惹かれながら調査を始めた。

並走している列車内で殺人が行われているのが目撃されるアガサ・クリスティの『パディントン発4時50分』。海岸近くの別荘で双眼鏡を覗いていた人物が崖から転落する男を見る江戸川乱歩の『化人幻戯』。本作の幕開けは、その二つを合体させたかのようだ。作中の表現から引くと「四つの条件が交錯」して生まれた場面で、何とも数奇な感を投げかける。

新田が調査を進めるうちに、事件の関係者の一人がまたも不審な死を遂げ、謎は深まっていく。ラストに待っていた驚くべき真相——について、ここで書けるはずがない。

まず本編をお楽しみいただき、巻末のClosingでまたお会いしましょう。

読み終えたあなたの心に残るのは、他のミステリではなかなかお目にかかれない〈世にも奇なる犯罪の風景〉。

1961年　初刊　光文社　カッパ・ノベルス

空白の起点

JOURNEY INTO THE VOID

崩《くず》れた絵

1

旅行が多いと、列車の窓の外には興味がなくなる。たしかに窓外は風景がある。しかしそれは、ただ目に映る光と影であった。それらは、印象の中で少しも生きて来なかった。網膜をかすめたとたんに、もう死んでいる。

ましてて、その旅行が、いつも仕事のためということになると、なおさらだった。旅をしている気分にもなれないし、旅情を味わうほど気持に余裕がなかった。

ある地点からある地点へ少しでも早く行き着こうとする。列車はただ、それだけのための道具にすぎない。移り変わる窓外の景色に、関心を持てないのは、むしろ当然のことだった。

十二時三十分大阪発上り急行〝なにわ〟号の一つのボックスにも、そんな旅行者の一団がいた。男二人に女一人である。

彼らは大阪で乗車してから、まだ一度も窓の外へ視線をやらなかった。一人の男は、ずっと週刊誌をひろげていた。もう一人の男は、向かい合いの女としゃべりっぱなしだった。話題は全国各駅の駅弁のことからスキーの話になり、やがてお互いの仕事の打ちあけ話に移った。

彼らは列車に乗っていることをまったく意識していなかった。喫茶店か食堂にいるのも同様だった。一定時間、行動することを制限されて、ひまをつぶしているのである。現在どこでそうしていようと、変わりなかった。

「とにかく、こんどの大阪での調査ね、あっけないほど簡単だったわ」

佐伯《さえき》初子《はつこ》が生欠伸《なまあくび》を嚙《か》み殺しながら言った。口に手を当てて開きかけた唇を軽くたたいたので、語尾がワ、ワ、ワという言葉になった。

「あんなごまかしは通用しないさ」

塚本《つかもと》清三《せいぞう》はホープのフィルターを前歯で嚙みつぶしながら答えた。

「無診査保険じゃあるまいし、ばれるにきまってる。保険会社をなめてかかったんだ」

「だけど、通用しっこないごまかしをなぜするのかしら？」

「そりゃあ、金が欲しいからさ」

「交番のまん前で泥棒するようなものじゃないの」

「ほんとうに金が欲しい時は、そんなことでもやってしまうだろう」

　塚本の唇で、たばこがヒョイヒョイと躍《おど》った。初子も思い出したように、バッグからピースをとり出した。なれた手つきで、それに火をつける。それを見て、塚本がひやかすようにニヤニヤした。

「あんたも、やっと一人前のたばこの吸い方をするようになったね」

「ありがとう──」

　吐き出した煙の中から、初子は言い返した。

「喫煙のポーズっていうものに、こだわらなくなったからでしょ」

「いやあ、女も二十八にもなれば、たばこの吸い方も板についてくるんだろう」

「失礼だわ、まだ二十七なのよ」

　初子は、組んでいた脚を解いた。

　外見だけでは、初子は二十七にも見えなかった。白いスーツを着込んでいるが、描かれた身体《からだ》の曲線が肉づきの弾力を示していた。美貌という顔立ちではないが、健康的な明るさが彼女の『女』を崩れた感じに見せなかった。何よりも、初子から受ける清潔感が彼女を老《ふ》けさせないのだ。

「しかし、四百万という保険金は大きかったな……」

塚本は、ふたたび回想するような目になった。そんな目をすると、塚本の方は逆に四十男のような分別臭い顔になる。もっとも、彼は、四十まであと二、三年というところだろう。深酒をするせいか、塚本の皮膚は年齢以上に疲れを見せていた。

「四百万も詐取《さしゅ》して、どうするつもりだったのかしら？」

「借金を返して、あの女、死んだ亭主の弟と派手に豪遊するつもりだったんだろう」

「まさしく女の浅知恵だったってわけ？」

「四百万か……」

塚本は思い出したようにつぶやいた。

「おれも欲しいよ」

「奥さんと別れて……」

「とんでもない、四百万をおれが握ったら女房のやつ死んでも離れないだろう」

塚本は磊落《らいらく》に笑った。

こういう冗談《じょうだん》を言える男の家庭は平和であるに違いない、と初子は思った。塚本の笑いにも、家庭の匂いがしみ込んでいる幸福があった。初子は、ふと、弟と二人暮らしのアパートを思い浮かべた。

佐伯初子は東日生命《とうにちせいめい》の調査員だった。正確に言えば、東日生命保険相互会社、契約部、保険金課、事故調査係、の係員ということになる。

調査員の仕事は、保険金支払いに関する事故を調査することである。

生命保険にかぎらず、保険というものには事故が多い。被保険者や被保険物に危険が発生すれば、多額の保険金が支払われるからだ。大きな利害は不正に結びつく。契約条件にそむいたり、故意に犯罪を仕組む場合もある。

こんどの大阪での事故調査もそうだった。

鳥井広志《とりいひろし》という三十七歳の被保険者が、保険金四百万円の契約をすませたばかりで死亡したのである。病死ではあったが、死因は肺結核という診断だった。

これは妙なことである。有診査の保険契約であるからには、契約前に被保険者は医師に面接して健康診断を受けているはずなのだ。

その医師の診断書には、肺結核の兆候があるというようなことはまったく記されてなかった。結核は急発する病気ではない。肺結核で死亡したとすると、少なくとも契約以前から発病していたと見なければならない。

保険会社としては重大問題である。みすみす四百万円を騙《だま》し取られるかどうかの瀬戸際なのだ。

事故調査係というものは、各保険会社に設けられてある。同時に、生命保険協会というものがあって、各保険会社同士は絶えず横の連絡をとっているのだ。

同一被保険者であって、あちこちの保険会社に身分不相応な多額の保険金をかけている契約者があれば、各社とも横の連絡で、それを知っているわけである。

鳥井広志の場合も、東日生命と二百万、協信生命《きょうしんせいめい》、アサヒ相互生命《そうごせいめい》とは各百万ずつの保険契約をしていた。

一介のサラリーマンである鳥井広志に、月三万円以上の保険料を支払える能力があるか疑問であった。横の連絡によって、東日生命と協信生命、それにアサヒ相互生命の三社は、この鳥井広志の契約を、いちおう『要注意』としてマークしていたのである。

そこへ、鳥井広志の死亡である。保険金請求が受取人である鳥井の妻から出された。三社はそれぞれの調査員を大阪へ出張させたのである。

このような事故の原因は、だいたい三通りある。第一は保険医の誤診。第二は保険医と契約者が共謀して、病気であることを陰蔽《いんぺい》する。第三は被保険者の替玉《かえだま》を作り医師の診断を受ける。

しかし、肺結核であれば、医師が誤診するということはまず考えられない。生命保険は結核についてとくにやかましい。被保険者の結核はたとえ既往症でも、重要事項として保険会社に告知する義務があるくらいだ。

調査の結果、保険医が鳥井の妻と共謀したという形跡も見当たらなかった。結局残るのは、いわゆる替玉診査というやつである。

そしてまもなく、鳥井の実弟が、鳥井の妻と通じていたことがわかった。鳥井の妻は派手な性格で借金もかなりあること、鳥井兄弟は一つ違いで容貌も酷似していること、なども聞き込んだ。

保険外交員が粗雑な手続きですませたり、保険医の迂闊《うかつ》さもあったが、健康体の弟が結核の兄の替玉になっていたことがはっきりした。これで、保険会社はこの契約を解除することができたわけである。

「会社は四百万円をただどりされずにすんだんだが……」

アサヒ相互生命調査員の塚本は、ホープを唇から吐き落として、靴の爪先で踏みにじった。

「われわれには、べつに報償金も出ないっていうのは寂しいね」

「仕方がないわ。この仕事も月給のうちだもの」

初子は肘掛《ひじか》けに立てた手で顎《あご》を支えたまま言った。

「女にしては欲がないな」

「いやなら辞《や》めればいいじゃないの？」

「辞めようとは幾度か思ったことがある」

　塚本は真顔になった。

「しかし、辞めようかなと考えていると、不思議に出張を命ぜられるんだ。すると、どうしても仕事にうち込んでしまう。調査中の仕事のやりがいというものは、たまらんからねえ。それに、不正事実を嗅《か》ぎ当てた時の気持ときちゃあ、これがまたこたえられんよ」

「犯人を逮捕した時の刑事の気持と同じようなものね。きっと」

「やっぱり根性《こんじょう》ってやつさ。死ぬまでこの職業は捨てられそうもない……」

　初子は塚本の角張った横顔をながめた。塚本は三十二の時まで、北海道《ほっかいどう》の室蘭《むろらん》警察に勤めていたという。保険調査員には刑事上がりが多いが、塚本もその一人だった。刑事時代、塚本は強盗犯人を追跡中にピストルで撃《う》たれて右腕を負傷した。それがきっかけで、彼は転業を思い立ったのだと聞いている。彼に言わせれば、

「おれには妻も子供もある。もっともっと生きていなくてはならない」

　のだからだそうである。

　このことを初めて耳にした時、初子は塚本の考えはもっともだと思った。ピストルの弾

丸が右腕を貫通した瞬間、塚本の脳裏を妻子の顔がよぎったのに違いない。それは絶望に近い恐怖だっただろう。もっと安全な職業につきたいと考えるのは、無理もないことだと思う。

保険調査員の仕事は、ある意味で刑事のそれに似ている。ただし、身に危険を感ずるようなことはほとんどない。だから、初子のように女子調査員もいるわけだ。もっとも、現在のところ、女子調査員は他社にはいないようだった。

初子の顔の前を、一匹の羽虫《はむし》が飛び回っている。うるさくて仕方がなかった。

「あんたも、当分はこの職業から足を洗えないね？」

塚本が腰を曲げて乗り出して来た。

「そう……結婚するまではね」

目で羽虫を追いながら、初子は答えた。

「ほう、人並に結婚する気があるのかね」

「いけない？」

「いやあ、亭主になる男性が気の毒だと思うだけさ」

「なぜ？」

「嘘が通用しないからね。あの腕利き調査員の旦那になるのだけはごめんだって、各社の調査員たちは口をそろえているよ」

「それを聞いて安心したわ」

初子の視線は羽虫を追い続けていた。塚本はふと思いついたように、窓際で週刊誌に読みふけっている男の方へ向きなおった。

「新田《にった》さんは、どうなのかね？」

声をかけられて、今まで一言も口をきかなかった男は、億劫《おっくう》そうに顔を上げた。塚本と初子の会話は、全然耳に入れてなかったらしい。何か用か——と、男の目はきいていた。

「つまりさ……」

塚本はもどかしそうに手ぶりを入れた。

「あんたも、今の職業をずっと続けて行くつもりかって、きいているんだけどね」

「わからないな……」

新田純一《にったじゅんいち》はそれだけ言うと、すぐ目を週刊誌にもどした。

拍子抜けしたように塚本は肩をすくめた。それを見て、初子がプッと吹き出した。

「協信生命の新田って言えば、無愛想で有名じゃないの」

初子は新田に聞こえよがしに声を張った。

「いや、汽車の中の道連《みちづ》れともなれば、ついそんなことは忘れてしまうよ」

塚本は苦笑した。

このことがあって、初子は初めて隣の新田の存在を意識した。初子は、思いきって顔の前の羽虫を叩きつぶした。その羽虫の死骸を、新田が読んでいる週刊誌のページの上に捨てる。そして、彼女は、そのページをのぞき込んだ。

「なにを読んでいるの？」

新田は指先で羽虫の死骸を弾《はじ》き飛ばしただけで、黙っていた。

「なあに、これ……？」

週刊誌のそのページには、動物とも人間ともつかない奇妙な生物の絵がいくつも描かれてあった。

「玄武《げんぶ》、鸞《らん》、唐獅子《からじし》、魑魅《ちみ》、魍魎《もうりょう》、朱雀《すざく》、鳳凰《ほうおう》……」

絵についている説明を、初子は小声で読んだ。

「ああ、想像の動物ってわけ。そうね、こんな絵に熱中しているところなんか、いかにも新田さんらしいわ」

「へえ、どうしてだね？」

塚本が初子にきいた。

「だって、新田さんは現実にはいっさい興味がないんですもの。だから、想像動物の絵なんかを眺めて楽しんでいるのよ。ね？　新田さん――」

新田は週刊誌を閉じた。初子の皮肉も彼には通じないようだった。新田の表情はまったく動かなかった。

初子には、この新田という男がよくわからなかった。協信生命の調査員として、そのやり方は強引《ごういん》すぎるところもあるが、なかなか敏腕だという評判だった。初子も、幾度か、仕事の上で新田と顔を合わせている。

時おり、各保険会社の調査員同士が、抜け駆けをやろうとして張り合う場合がある。そんな時には、初子は新田を好敵手として意識したことさえあった。

だが、新田という人間そのものについては、まるで知っていなかった。三十歳だということだけは、なにかの機会に耳にした。そのこと以外は、彼の前歴も家庭の状態も、聞いていなかった。

これは、新田が無口であるせいもあった。事実、彼は日常的な会話を嫌った。仕事の必要性から口をきく以外に、新田がよけいな言葉を口にしたのを、初子は聞いた覚えがなかった。

そればかりではない。新田は決して笑わなかった。というより、彼には常に表情がなかった。デスマスクのような表情とは違っている。つまり、新田の表情は生きているのだが、彼の感情が死んでいるという感じであった。

初子は最初、これは新田のポーズではないかと思った。その虚無的な容貌や仕種《しぐさ》が、まるで映画の中の人物のように劇的だからだった。翳《かげ》のある男というスタイルを作って、女を惹《ひ》きつける――そんな類《たぐい》だ、と初子は思ったのである。

しかし、そんなポーズは長続きするものではない。幾度か顔を合わせているうちに、これが本物の新田なのだということがわかって来た。

すると、初子は新田に好感をいだいてしまった。それは興味かもしれなかった。この男の中身を知ってみたいという欲望だった。

しかし、新田は初子をまったく無視していた。初子にかぎらず、新田は他人との余分な接触を避けているようだった。親しみという感情の提供を、彼はある一線で拒《こば》むのだ。

もしかすると、新田はことさらそうすべく意識はしていないのかもしれない。だが、彼の周囲には目に見えない透明な壁があった。だれもが、その壁以上に彼に接近することはできないと感ずるのだ。

今では、新田はいつも一人だった。各社の調査員たちも彼を敬遠しているわけではない。しかし彼と接するには、一人芝居を覚悟でいなければならなかった。

初子は、新田を遠くから見守ってやりたい気がした。そのくせ、彼と一緒にいると腹立たしくなった。頬の一つも張って、彼を怒らしてみたくなる。彼になにを言っても、いっこうにはね返って来ない。自分の存在を見失いそうな気持になる。それが、女である初子を苛立《いらだ》たせるのだ。

新田の顔色はいつも不健康だった。灰色がかった肌をしている。そのせいか、薄い唇が乾いている感じだった。落ちくぼんだ眼窩《がんか》の奥にはもの憂《う》く光っている瞳《ひとみ》があった。背は高い方だが、いい体格ではない。彼から受ける印象は、冬の曇り空という感じだった。明かるくはないが広く、荒涼としていて鋭いのだ。

初子は、新田と個人的に親しく付き合ってみたかった。だがその反面、彼だけには負けたくないという対抗意識を持っていた。できれば、彼の方から握手を求めさせたいのだ。

「現実に興味がないということは、現実から逃避したい気持の現われよ」

初子は、唇をゆがめた。精一杯、辛辣《しんらつ》な言い方をしたつもりだった。だが、やはり新田は黙っていた。

「新田さんは敗残者よ」

「佐伯さん……！」

塚本が、たしなめるように手を振った。しかし、初子はかまわずに続けた。

「新田さんって、生まれつきそうなの？　いつも思うんだけど、今みたいな新田さんになるには、それなりの原因があるんでしょ？　その原因を、あたし一度聞いてみたいと思っていたの」

初子は新田の反応を窺《うかが》った。新田はチラッと初子を一瞥《いちべつ》した。ただそれだけだった。彼の表情は相変わらず漠としていた。つかみとれるなにものもなかった。

「侮辱よ、黙秘権って……」

初子はムキになった。最初は退屈しのぎのつもりだったのが、いつのまにか、彼のペースに巻き込まれていた。

白《しら》けた空気になった。塚本が思い出したようにソワソワし始めた。

「さあて、まもなく名古屋《なごや》だ」

塚本は窓の外も見ないで言った。だが、それは事実だった。目で確かめなくても、列車がどの辺を走っているものか、乗りなれている者の勘《かん》でわかるのだ。

列車は枇杷島《びわじま》を過ぎていた。窓外の風景が平面的になって来た。名古屋には定時の十五時六分に到着するらしい。あと五分もかからなかった。

「名古屋でお降りになるのね？」

初子は話題を変えた。

「いいわね」

「ちっともよくないよ。兄貴の法事なんていう野暮用《やぼよう》だからね」

網棚のボストンバッグへのばした両腕の間から、塚本はしかめた顔をのぞかせた。

「こんどの仕事がなかったら、わざわざ名古屋までは来なかっただろうからね」

「でも羨《うらやま》しい……」

初子は本心からそう思った。できることなら、このまま名古屋で降りてしまいたかった。東京へ帰って、連結された生活に引き継がれるのが苦痛だった。一仕事おえたという区切りが欲しかった。一種の気持の弛《ゆる》みかもしれない。短い間でもいいから、空白の中にいたかった。

それに、塚本がいなくなったあとの汽車の旅を考えると、やりきれない気持だった。新田と二人、気づまりな時間を過ごさなければならないのだ。二人きりでいるのは、べつに嫌《いや》ではない。なにか期待めいたものもある。だが、退屈に閉口することは、覚悟しなければならなかった。一人旅の方がまだ救われる。二人でいながら相手にされないくらい、所在のないことはない。

初子は、新田にあんな口のきき方をしなければよかった、と後悔した。

「これ、あまりものだけど……」

塚本がチョコレートとキャラメルを初子の膝の上に置いた。

「すみません……」

初子は、頭を下げた。世なれていて、働き者のこの男を、初子は好人物だなと思った。隣に新田がいるだけに、塚本の温か味《あたたかみ》を強く感じた。

車内が急に暗くなった。名古屋駅の構内にはいったのである。窓の外がにわかに色褪《いろあ》せて、動いているものが多くなった。名古屋の駅の駅名を告げるスピーカーの声が、耳もとを通り抜ける。車内にザワザワと人の動きがあった。

「じゃあ、お疲れさまでした」

塚本が立ち上がった。

「またどこかで鉢合わせするわ」

初子は中腰になった。新田は目礼《もくれい》を送っただけだった。

塚本の小柄な後ろ姿はすぐ通路の人の列の中へ消えた。あちこちに挨拶をかわす小さな別離の輪があった。

初子は座席にすわりなおして、新田の方を見た。新田はぼんやりホームの雑踏を眺めていた。初子は、肩で吐息《といき》して目を閉じた。

2

熱海《あたみ》駅を出たのが十八時四十四分だった。東京駅着は二十時十五分の予定である。残り一時間半ばかりの辛抱《しんぼう》だった。

車内には眠気《ねむけ》をもよおすような倦怠があったが、初子はいっこうに眠くなかった。眠ろうと努めるせいかもしれない。瞼《まぶた》の裏ばかり熱くなるが、意識は朦朧《もうろう》として来なかった。目を閉じているのが、疲れてくる。

初子は薄目を開いた。車内に灯がついていた。乗客たちが、そろそろ一連の動きを始めていた。初子は、見るともなく、それらを観察した。

どの顔にも生気がなかった。眠りから覚めきらないような、虚脱《きょだつ》した顔ばかりだった。みやげ物の包みの中身を改めている人妻ふうの女の隣では、その夫らしい男が、週刊誌や新聞を座席の下へ投げ入れている。欠伸《あくび》をしてから、あわてて周囲を見回す若い娘の向かいでは、若い男がボストンバッグへカメラを無理やりに押し込んでいる。

だれの気持も、すでに東京へ飛んでいた。終着駅に近づいたことが、機械的に人々の手を動かせるのだ。あまりしゃべろうとしないのは、やはり疲労で不機嫌なせいだろう。

初子は、身体を起こして脇を見た。新田の動かない横顔があった。初子は少々あきれていた。新田はいったい、なにを考えているのか。驚くよりも、奇異な感じを受けた。眠りもしなければ本を読むわけでもない。焦点の定まらない視線を、どこへともなく投げかけている。空気をみつめているというような形容が、当てはまった。

死角《しかく》にあるような人間だった。車内で、新田だけが異質物のような存在だった。

初子は、もう話しかける気にはなれなかった。塚本がくれたチョコレートを半分に折って、無言で新田に差し出した。

新田はゆっくり首を左右に振った。いらないという意味だった。初子は黙って、チョコレートを引っ込めた。

《勝手にしなさい！》

と言いたい気持だった。

新田の横顔のバックは窓の外だった。暮色に溶《と》け込もうとしている空と海と赤い崖が見えた。

このあたりから、湯河原《ゆがわら》、真鶴《まなづる》、根府川《ねぶかわ》、小田原《おだわら》に至るまで、山が海岸線まで突き出している。東海道線は海岸線に沿って走っているのだが、トンネルや山を切り開いた谷間、それに崖の上の線路が多かった。

トンネルを出た時や、山あいを抜けたとたんに、海が見えた。海は白かった。薄暮《はくぼ》の光線が、海上を乳色に染めているのだ。港などとは違って、相模湾《さがみわん》の海の水平線は長かった。船も見えず、広大な乳色の原野のようだった。

空は暗い青色だった。弱々しく崩れかけたような恰好《かっこう》の雲に、滲《にじ》んだような赤味がさしていた。水平線に近い空には、まだ昼間の青さが残っていた。

急行列車という実際的な媒介物によって眺めているのが、不思議に思えてくる景色だ。詩をモールス信号で読んでいるようなものだった。

《美しい……》

と初子は思った。このまま窓から飛び出して、あの乳色の海の中へ吸い込まれてしまいたかった。

だが、初子一人でそう思っていることにした。どうせ、新田にそう言っても通じはしないのである。

山が眼前から、夕暮れの海を拭《ぬぐ》い取った。観賞を邪魔されたようで腹立たしかった。初子は奥歯でチョコレートを噛《か》みくだいた。車輪の響きが、両側の崖《がけ》に弾《は》ねかえってやかましかった。

「………」

ふと、新田の唇がかすかに動いた。何かをつぶやいたようである。意識不明の人間がうわごとを口走った時のように、初子は反射的に乗り出していた。

「え……？」

「美人だな……」

「美人？」

「あの女だ」

初子は、新田の視線を追って、反対側のボックスを見た。中年の男と若い女が、そのボックスに席を占めていた。新田は女と言った。女は一人きりしかいない。初子はその娘に視線を据えた。

女は娘だった。まだ二十《はたち》前であろう。窓際の席にすわって、窓の外を見ている。新田や初子の視線には気づいていないらしい。赤味がかった髪の毛が長く、肩から胸あたりにまで散っていた。クリーム色のツーピースを着ている。スカートはアコーディオンプリーツだった。

「あの人が美人なの？」

ほっそりとした女の肩や腕に視線を這《は》わせながら、初子は言った。こっちを向かなければ、よくわからないが、身体全体から受ける印象は少女のように華奢《きゃしゃ》な感じだった。

「新田さん、ずっとあの人のことを観察していたの？」

「うん……」

新田は深くうなずいた。照れる様子もなく、彼は真顔だった。

「嫌《いや》な人……」

初子はばかばかしくなった。一言も口をきかずに渋面を作っていた新田が、少女のような娘を盗み見していたのである。いよいよ彼の気が知れなくなった。

初子は侮蔑を感じた。自分は一顧も与えられなかった。だが、一方では、新田の関心を奪っているものがいた。それが同性であるだけに、初子は抵抗を感じた。

「現実に興味をおぼえないはずの新田さんが、どういう風の吹きまわし？」

嫌味がよけいに自分を惨《みじ》めにするとはわかっていたが、初子は黙っていられなかった。

「興味がある……」

新田は乾いた声で答えた。

「やっぱり独身男ね。モノにしてみたい女もいるわけ？」

初子はわざと下品な言葉を使った。

「そんな意味じゃない」

「へえ、あの娘が幽霊だとでも言うの？」

「見てみろよ……」

新田が言葉に力をこめた。うながされて、初子はふたたび娘の方へ視線をもどした。娘が顔を正面に向けたところだった。

なるほど、娘は美しかった。ただの美貌ではなく、味のある顔だった。色は白くないが、透《す》きとおるような肌をしていた。目が大きく、深い感じの眼差《まなざ》しだった。ヨーロッパ人の血が混ざったインド人に、よくこういう顔があったと初子は思った。

だが顔立ちが整いすぎていて、冷ややかに見えた。それに翳《かげ》があった。神秘的な翳である。この娘が、インドの寺院をじっとながめて立っていたら、似合いそうな気がした。

「彼女が男だったら、さしずめ新田さんみたいな感じね」

初子はそう批評した。

「だけど、どうして彼女なんかに、とくに興味を持ったの？」

「わからない……」

「わからないって……惹《ひ》かれた理由はあるんでしょう？」

「べつにないいんだ」

「変な人ねえ……」

まるで愚弄《ぐろう》されているみたいだった。新田は常識の枠内では割り切れない人間だと思っていたが、ますますその感が強まった。

もしかすると、新田はあの娘の翳《かげ》に惹かれたのではないか——と、初子は考えた。あの翳は、二人共通のものである。新田はあの娘の翳に自分の分身を見たような気がしたのではないか。

しかし、これ以上深く詮索《せんさく》しようとは思わなかった。新田はもうなんにも言わないに違いない。初子は自分の勝気を引っ込めることにした。

娘はバッグから白いハンカチを出して、額《ひたい》に軽く当てた。右手には朱色のハンカチを持っていたが、これはアクセサリー用なのだろう。そんなことから推《お》して、娘は令嬢か、高級BG《ビジネス・ガール》ではないか、と初子は思った。

列車は真鶴を過ぎたところである。この地点から線路は急カーブして、小田原まで北上するのだ。右側は海岸線に沿った有料の真鶴道路、左側は山沿いの熱海街道だった。

箱庭のような山を縫って、列車はカーブした。速力がグンと落ちる。

その時だった。息をのむような悲鳴が、すぐ近くで起こった。初子は、その悲鳴の出どころを求めて、あたりを見まわした。

反対側のボックスがざわめいていた。例の娘が、隣の男の膝に、顔を伏せていた。初子は新田を振りかえった。初めて、新田の表情が動いた。緊張感のようなものが、その表情にあった。

たった今話題にのぼっていた娘に、何事かがあったのだ。奇妙な符合だった。そして、それは、初子に黒い予感を与えた。

車内の異変は敏感に伝わって行った。澱《よど》みきっていた空気が、入れ替えられたようだった。あちこちで、人が立ち上がる気配《けはい》がした。のび上がっている顔が幾つか見える。車内の視線は一つのボックスに集中した。

「小梶《こかじ》君！　どうしたんだ？」

娘の連れなのだろう。隣の男は、膝の上の娘の肩をゆすりながら、そう叫んだ。

「小梶君、言いたまえ！」

男の声が厳《きび》しくなる。衆人環視の中で、若い娘に膝に縋《すが》りつかれている照れ臭さもあるのだろう。初老の男は狼狽気味だった。

娘はやっと顔を上げた。彼女は、人だかりがしていることなど目にはいらないようだった。唇がおののいているのは、よほど興奮している証拠である。

「課長さん……」

娘は肩で息していた。胸のあたりも波うっている。放心したように見開いた目が印象的だった。表情に恐怖があった。

「どうした、言いなさい」

課長と呼ばれた男は、床に落ちた娘の白いハンカチを拾ってやった。落ち着かせようとしているつもりだろうが、彼自身、ハンカチを二度三度拾い損った。

「人が突き落とされたんです……」

娘はそう言って唇をなめた。

「突き落とされた？」

「たった今です！」

「どこから？」

「崖《がけ》の上からなんです」

「どの辺の崖からなんだね？」

男は窓の外をのぞくようにしたが、列車は進行中なのだ。娘の言う崖が見えるはずはなかった。

「たしかに見たのかね？」

「たしかです」

娘は手探りで、窓の縁《ふち》に置いてあるお茶の壺を探りあてると口へ運んだ。人々は、娘がお茶を飲み終わるのを見守った。

「見間違いじゃないのかね？　夕方のことだし……」

「いいえ、はっきり見ました。人が高い崖の上からころげ落ちました。崖の上には、もう一つ人影があったんです」

「岩かなんかじゃないのかね？」

「人に間違いありません。さっきのカーブのところだから、汽車もあまり早く走ってなかったし……」

課長と呼ばれた男は口をつぐんだ。その話を聞いていた乗客たちも黙っていた。どの顔も、半信半疑という顔つきだった。

娘の話がとうとつすぎる。崖の上から転落する人影を、走っている列車の乗客が目撃する。あり得ないことではない。むしろ、ありそうな話である。しかし、それは新聞記事やなにかで、そういう事実の全貌を知った上でのことなのだ。

乗客たちは、いわば事件の当事者に近い。当事者というものは、事件の発生を容易に信じないものだ。

短い静寂がくる。汽車の響きだけが耳につき始める。娘はもどかしそうに、身をよじった。

「信じてください、本当なんです！」

ついに彼女は、喘《あえ》ぐように、そしてヒステリックに叫んだ。乗客たち全部に呼びかけているようだった。

「車掌にでも知らせたらどうです？」

学生らしい乗客の一人が、口をとがらせてそう言った。同調するようにうなずく顔が、三つ四つあった。

「そうしましょうか……」

娘の連れは仕方がないというように、ノロノロと腰を上げた。

「あ、車掌が来ましたよ」

人だかりの後ろの方で、そんな女の声がした。通路に集まっていた乗客たちが二列に割れて道をあけた。『乗客掛《がかり》』という腕章を巻いた車掌が割り込んで来た。

「なにかありましたか？」

だれにともなく、車掌は事務的な口調で訊《き》いた。

「はあ……」

娘の連れが口を出した。

「この人が、崖から人が突き落とされるのを見たというんですが……」

「たった今ですか？」

車掌は娘の方へ身を乗り出した。娘はコクンとうなずいた。

「あのカーブの地点で、左側の崖の上から落ちたんでしょう？」

「そうですけど……」

娘は怪訝《けげん》そうな顔をした。車掌がスラスラと言い当てたからだろう。

「やっぱり事実なんですか？」

さっきの学生ふうの青年が、車掌に声をかけた。

「まだ確認はできませんが、この方と同じように、崖の上から人が落ちるのを見たというお客さんから、二、三知らせがありました。この列車は小田原に停車します。ただいまは進行中ですから、小田原で連絡するより仕方がありません」

そう言って、車掌はもう一度娘の方へむきなおった。

「おそらく警察から参考事情の協力を求められると思いますが……小田原駅でいったん下車願えますか？」

「そりゃあ困る！」

連れの男が手をのばして、車掌を制した。

「ぼくらは出張の帰りなんだ。これから東京の社へ帰って報告をすませたら、またすぐその足で仙台《せんだい》へ向かわなければならない。今はとてもそんな暇はないですよ」

「そうですか。では、東京駅で鉄道公安室にちょっと寄っていただけば……」

「そりゃ、まあ、五分や十分なら、かまわんがね……」

娘の方は素直にうなずいたが、男はあきらかに迷惑そうな顔つきだった。

「では東京駅に連絡させておきますから、お名前と職業、それに年齢を聞かせていただきたいのですが……」

車掌はポケットから手帳をとり出した。男は舌うちをしたいと言わんばかりに横を向いた。

「土居京太郎《どいきょうたろう》、全通《ぜんつう》の秘書課長、四十八歳」男はぶっきらぼうに言う。

「全通？」

車掌が聞きかえした。

「知らんのですか？　広告宣伝会社の全通だけど……」

土居と名乗った男は、心外だというように車掌を見上げた。

「あ、あの全通ですか……」

車掌は卑屈な笑いを見せて、上半身でうなずいた。

全通と言えば、広告会社として大手の中でも横綱に位する会社だ。しかし、全通を知らなかった車掌も車掌だが、天下御免の金看板のように全通を鼻にかけているこの男も嫌味だ、と初子は思った。

「あたくしは、全通の秘書課員で、小梶鮎子《こかじあゆこ》と申します。十九歳です」

娘――小梶鮎子は小声でそう告げた。

「いやどうも失礼しました」

帽子のひさしに手をやって、車掌は立ち去って行った。乗客たちも、それぞれの席へ戻り始めた。人声がそこここで、小さな渦を作っていた。この突発的な事件を話題にしているようだった。車内には軽い興奮の余韻がただよった。

初子もちょっぴり興奮していた。惹《ひ》きこまれていた映画が終わった時のように、初子は小さな溜息《ためいき》をついて背をのばした。意味もない解放感が胸にあった。

初子の耳に、声を低めた会話がはいってきた。気にしていなければ聞こえなかったろうが、それが土居という全通の秘書課長の口からもれてくるのだとわかって、初子は神経を耳に集めた。

土居の口調《くちょう》は柔らかいそれではなかった。自分の部下を責める時の、あの粘《ねば》っこい言いまわしなのである。

「出張中は、君はぼくの指示だけで行動すべきだろう。君は会社の組織の一部なんだ。君であって君ではないんだよ。そして、全責任はぼくにあるんだ」

「よくわかっています」

「じゃあなぜ、あんな騒ぎをしたんだ？　一言ぼくに告げてくれればいいじゃないか。目撃者はほかにもいたんだ。なにもわれわれがこの騒ぎに巻きこまれる必要はないじゃないかね。よけいなことに引っぱり出されて会社の仕事に支障を来たす。これは、会社にとって大きな損失だよ」

「申しわけありません……」

「君はだいたいわがままだよ。こんどだってそうだろう。会社は急いでいるから、われわれの出張は往復とも飛行機にしろと指示したんだよ。それを飛行機は気分が悪くなるからとか勝手なことを言って、こうして汽車旅にしてしまった。いいかね、飛行機で帰ってくれば、こんな騒ぎにはぶつからなかったんだよ」

「はい……」

初子は、二人の席をさりげなく見やった。小梶鮎子がうなじを垂れている。その髪の毛に触れるくらいに顔を寄せて、秘書課長が唇を動かしていた。

初子は小梶鮎子という秘書課員が気の毒になった。

崖から人が突き落とされるのを、目撃すれば、だれでも驚く。それもまったく、予期していなかったことだし、瞬間的に目に触れるのである。しかも、若い娘であれば、叫び声ぐらい上げるだろう。

面倒を避けるためには、衝撃にも耐えろ、と注文する方が無理だった。感情を押し殺してサラリーマン根性に徹して来たのだろう、この男に、初子は嫌悪をおぼえた。ああいう男にかぎって、汚《よご》れた下着をつけているのではないか、というような気がした。

新田はシートの背に頭をもたせかけて、目を閉じていた。興味を持ったと言っていた小梶鮎子のことも、もう忘れてしまったように虚《うつろ》な顔だった。シートの白布に、彼の髪の毛が黒かった。

初子にはなにもすることがなかった。列車が東京駅に到着するのを待つより仕方がない。ほかの旅行者のように、整理する身のまわり品もないのだ。小型のスーツケースが一個、網棚の上にあるだけだった。

初子はバッグの口金をあけた。バッグの中身は、なにも珍しいものがあるわけではない。定期券、化粧セット、万年筆、手帳、財布——どれも一日に幾度か手にするものばかりである。しかし、そんなものでも手にしていれば、少しは手持ちぶさたが救われるだろう。

初子は、バッグの中へ一通の封書が押し込められてあるのに気がついた。二、三日前、大阪の宿で受け取った本社からの速達であった。

一度読んだ手紙だが、初子は目を通してみる気になった。『東日生命』と欄外に印刷されてある社用便箋を抜き出す。右肩が下がった字体の、調査係長独特の文字に目を走らせる。「告知義務違反の報告、今朝受け取りました。連日の奮闘、ご苦労でした。まもなく帰京されることと思いますが、とりあえず報告書受領の旨《むね》、お知らせします。替玉事件だったとは、やはり予想のとおりでしたね。ところで、こんどの調査活動で、あなたの好敵手の活躍はいかがでしたか。協信生命の新田氏のことです。ライバルとその競争意識は結構ですが、新聞記者とは違うのですから、あまり出し抜くことにこだわらないでください。そのために仕事の面でマイナスになっては困ります――」

初子は口を綻《ほころ》ばせた。手紙に新田のことが書いてある。その当人が、すぐ脇にいることが、なぜか滑稽《こっけい》だった。

新田は目を閉じたままでいた。瞼がピクリとも動かない。だが、眠っているのだとは思えなかった。

ただ新田の心はここにはないのだ――と、初子はそんな気がした。

3

列車が東京駅についたのは、定時より三分遅れの二十時十八分だった。

ホームはあまり混雑していなかった。遠距離の特急が発車する時間ではないからだろう。派手な見送り風景も見られなかった。

〝なにわ〟号の乗客たちも、来るべき時が来たというように、席を立った。どの足どりも重そうだった。はしゃいでいる顔は見当たらなかった。ほとんどの人が、上京ではなくて帰京して来たのだからだろう。

ホームに降り立った瞬間に、人々は赤の他人になる。白けた顔で、それぞれの行くべき方向へ、さっさと散って行った。

初子はスーツケースを胸にかかえるようにして立ち上がった。新田は週刊誌を丸めてポケットへ突っ込んだだけである。彼は手ぶらだった。新田が旅行用具を手にしているのを、初子はまだ見たことがなかった。

通路から出口へ、乗客たちの列が続いている。列はなかなか進まなかった。初子のすぐ前で、小梶鮎子がデッキへ出られる順番を待っていた。鮎子の肩越しに、土居京太郎の頭が見えた。鮎子の背も高かったが、土居はよほどの小男らしかった。

デッキへ出ると、ホームに二人の男がいるのが目についた。ホームの助役らしく、赤線のはいった帽子をかぶった男と、もう一人は鉄道公安官だった。

二人は、列車から出てくる乗客の顔を、一人一人確かめているようである。これで通路の列が進まなかったのだろう。

「例の事件のことね……？」

初子は新田を振り返った。

「たぶん……」

新田は低く言った。

やはりそうであった。鉄道公安官と助役は、小梶鮎子を認めると、軽くうなずき合った。

「失礼ですが……」

公安官が鮎子に声をかけた。すでにホームへ足をおろしていた土居京太郎も、その言葉に振り向いた。

「小梶鮎子さんですね？」

「はい……」

鮎子が足をとめたので、列はストップした。初子と新田は、鮎子の背後で公安官とのやりとりを立ち聞きする恰好《かっこう》になった。

「あなたは、真鶴根府川《ねぶかわ》間で、崖の上から突き落とされるのを目撃されましたね？」

「はあ……」

公安官は鮎子の顔を見ずに言った。

鮎子はかすかな緊張を示していた。デッキの鉄棒を握っていた手を放したことで、それがわかった。

「君……」

土居が公安官の背を叩いた。

「訊《き》きたいことがあるなら、駅長室に案内してくれたまえ」

「いや、すぐすみますから……」

公安官はすぐ鮎子の方へ向きなおった。

「あなたは、小梶美智雄《みちお》という方をご存知ですか?」

「小梶美智雄って……あたくしの父と同姓同名ですけど……」

鮎子は不安そうに答えた。

「あなたのお父さんは全通にお勤めですね?」

「はい、そうです」

「では……」

公安官は言いにくそうに、口ごもった。

「これから、すぐ家へお帰りになってください」

「は……?」

「真鶴警察の調査の結果ですが、真鶴根府川間の崖の上から落ちたのは、小田原市幸町《さいわいちょう》七十三番地、小梶美智雄さんだそうです」

公安官は手帳から目を上げなかった。

一瞬、鮎子の周囲で空気が凍った。鮎子だけではなく、土居も初子たちを含めた乗客も、写真の人物のように凝結《ぎょうけつ》していた。

「父が……」

と、鮎子が口にするまで、大都会のこの一点は真空状態にあった。

次の瞬間に、鮎子の身体は棒のように公安官の胸へ倒れこんでいた。公安官と助役、それに土居が、抱くというより摑《つか》み上げるようにして鮎子を運んで行った。だれもが、それを呆然《ほうぜん》と見送った。ホームの蛍光灯に、鮎子の頬が陶器のように白く光っていた。

「劇的だ……」

デッキからホームにおりながら、新田がそうつぶやいた。彼の言い方は、まったくの傍観者のそれだった。

「人生にはいろいろなことがあるものね。自分の父親が崖の上から突き落とされるのを目撃するなんて……」

眼前には活気にみちた人の流れがあった。不安な顔は一つもなかった。だが、彼らには予想もつかない明日があるのだ。現在だけを信じて生きている人間のもろさを、初子は感じた。

偶然の一致という運命は苛酷《かこく》である。もっとも、あり得ないようなことが事実起こってしまうのだから、苛酷と言えるのかもしれない。

「列車というものは、ある地点を瞬間的に通過するものだ。そのある地点とある時点が一致した瞬間に、崖の上から父親が突き落とされ、列車の中から娘がそれを見た。四つの条件が交錯したわけだ」

新田が珍しくしゃべる——と、初子は地下道への階段を見おろして思った。やはり、彼が鮎子に興味を持ったせいだろうか。

嫉妬とまでは行かないが、なんとなく不快であった。新田を多弁にさせるほどの魅力が、あの娘のどこにある、と初子は鮎子の容姿を思い浮かべた。

その目の前を、公安官の制服姿がよぎった。先刻の公安官だった。初子は衝動的に公安官の背に、声をかけていた。

「あの……！」

階段を二、三段おりかけたところで、公安官は振り返った。

「あの娘さん、大丈夫ですの？」

「は？」

と、眉をひそめたが、公安官はすぐわかったというようにうなずいた。

「ああ、大丈夫です。休ませてありますから、まもなく気をとりなおすでしょう」

「だれか付き添っているんですか？」

「ええ、連れの男の人が――」

さぞ、渋い顔をしているだろう土居を想像して、初子はおかしくなった。

「どうしてあの人が、崖から落ちた男の娘さんだってことがわかったんです？」

新田が横から口を出した。

「それはですね……」

公安官は人の流れを避けて壁際へ寄った。

「小田原から真鶴へ連絡が行って、調べてみると事実だということがわかったんです。真鶴駅では真鶴警察へ通報したんですね。警察は被害者の身許を調べます。その結果、被害者は小田原市幸町七十三番地に住む小梶美智雄で、全通の会計課長だってことがはっきりしました。ところがですね。列車内で事件を目撃したという四人の人の中に、全通の秘書課員の小梶鮎子という名前があることに気がついたんですよ」

初子は、列車内で車掌が鮎子の姓名や職業を手帳に書き込んでいたことを思い出した。

もちろん、目撃者に関するメモも、小田原から真鶴へ通報されていたのだろう。

「勤務先も同じだし同姓でしょう。もしかすると被害者の縁故者かもしれないからというので、東京駅で待ち受けて知らせるように連絡があったのです。何号車に乗っているかもわかってましたし、すぐこの娘だなと見当がついたんですよ」

崖から突き落とされた男は、全通の会計課長だったという。小梶父娘《おやこ》は同じ会社に勤めていたのだ。こういうケースは少なくない。縁故関係を重んじて社員を採用する会社が多いからだ。

「亡くなったんですね？　その方……」

初子が念を押すようにきいた。

「という連絡でした」

公安官は自分が責められているように目を伏せたが、

「では——」

と、ふたたび顔を上げたときは、もう微笑を浮かべていた。

「やっぱり他人事《ひとごと》なのね」

階段を駆けおりて行く公安官の後ろ姿を見送って、初子はつぶやいた。

他人の死は、自分の生活範囲にははいって来ないのだ。死という現象は、生きている者には遠い国の出来事と同じようなものだった。他人の死に触れた時だけ厳粛な気持になるのは、人間の慣習にすぎない。公安官にとって、小梶美智雄の死は、仕事に影響があるだけで感情には無関係なのだ。

そして自分も同じようなものではないか、と初子は思った。事件に対する興味はあっても、悲しみは少しもない。

明日になれば、小梶美智雄の死など忘れてしまうだろう。いや、今夜アパートへ帰ったときからかもしれない。せいぜい旅のみやげ話として、弟の好奇心をかきたてるだけだ。

二人は改札口を出た。集散する人の雑踏とスピーカーの声が、構内に充満していた。八《や》重洲口《えすぐち》へ抜けると、久しぶりの都心の夜景が目の前にあった。はなやかな夜の氾濫だった。東京の夜には夜気がない。乾いた匂いがただよっている。それがまた、懐かしい匂いでもあった。

六月上旬にしては、蒸し暑かった。そのせいか、白いワイシャツ姿が目立って多かった。そんな軽装を見ると、やはり大都会へ帰って来たのだという気分になれる。

「どこかでだれかが死んだ。ただそれだけのことね」

初子は思い出したように言った。この夜景を見た瞬間から、小梶美智雄の死は自分に無関係だという気持が強まった。今、目の前にある建物、色彩、光、人間、どれも自分のものではない。だが他人のものでもない。初子にとっては、ただ存在するものなのだ。小梶美智雄の死も同じだった。事実はあっても、無縁の事実なのである。初子は彼女が行くべき方向へ進む。しかし、小梶美智雄の死は、それに尾《つ》いては来ない。

新田は巨大なネオン塔を見上げていた。ネオンの輝きにしたがって、彼の顔は赤や青に染まった。

「じゃあ、お疲れさま。お先へ……」

待っていた構内タクシーの順番が来た。初子はタクシーに乗りこんだ。車が走り出してから振りかえると、まだネオン塔を仰いでいる新田の姿が見えた。

新田は、小梶美智雄の死と自分とが無関係だとは思っていなかった。彼はネオンの点滅をみつめながら、考え続けていた。

《小梶美智雄……》

たしかに見覚えのある名前だった。それも、どうでもいいような気持で見た名前ではなかった。すくなくとも、彼が職業意識をもって目にした五文字のような気がする。人から見ろと強制されたのではないが、何気なく目を通しているうちに、彼の一種の習性のようなものが、この名前を記憶させたのだ。

新田が、小梶美智雄という名前をなんで見たか思い出せたのは、タクシーに乗ってからだった。

「日本橋《にほんばし》へ行ってくれないか」

新田は運転手にそう告げた。

「四谷《よつや》じゃないんですか？」

運転手は不満そうに言った。乗った時には家へ帰るつもりで四谷と命じたからだろう。それを目と鼻の先の日本橋に変更されては、運転手も商売上おもしろくないのだ。

「悪いけど日本橋にしてもらおう。日本橋の協信生命ビルだ」

新田の目に熱がこもった。今日の彼に、初めて煮《に》つまった意志が生じたようだった。

4

協信生命ビルは、日本橋の川べりにあった。最近完成したセメント会社のビルととなり合わせで、少々貧弱には見えるが、それでも七階建てだった。冷暖房の設備もあるし、エレベーターも六個所にある。地階の食堂は、付近の会社の社員たちにも利用されているほど評判がいい。

ビルの窓は暗かった。二階の一部に、超過勤務でもしているのか、蛍光灯の青白い光が見えた。
　タクシーをおりて、新田は正面入口からビルの中へはいった。受付はすでにしまってい
た。新田は監視員の詰所へ行った。四階の保険金課の部屋をあけてくれるように頼むと、
シャツ姿になっていた監視員が鍵束を持ってついて来た。時間外に事務室へ出入りするに
は、監視員の立会いが必要なのだ。
　監視員が部屋の鍵をあけ、電灯のスイッチを入れた。無人の事務室は、だだっ広い感じ
だった。人がいないと、よけい雑然として見えるのかもしれなかった。いつもの事務室に
は一種の統制がある。しかし、こうして見ると、室内は酒宴のあとのようにぶざまだった。
デスクの間を縫って歩くと、この部屋特有の臭気が鼻腔《びこう》をつく。目隠しされていてもこ
の部屋にいることが嗅ぎ分けられる匂いだった。今にも物陰から、同僚たちがワッと顔を
出しそうな気がした。
　新田のデスクの上だけが整頓されていた。女事務員が挿してくれた一輪挿しの花が、枯
れて、頭を下げている。考えてみると、このデスクに手を触れるのは十日ぶりだった。
「なにを調べるんですかね？」
　監視員は鍵束と懐中電灯を机の上に置き、かたわらの椅子にすわりこんだ。
「うん？」

新田は答えずに、背広の上着を脱いだ。長身をかがめて、デスクの引出しから書類綴りをとり出す。それから、丹念に一枚一枚めくり始めた。

「わたしも手伝いましょうか？」

人のよさそうな監視員は、書類綴りに目を近づけて来た。

「いや、あったよ」

新田は一枚のザラ紙を、書類綴りから抜き取った。

ザラ紙にガリ版刷りの文字が並んでいた。右の片隅に『調査係回覧』と赤でゴム印が押してあった。

『養老死亡保険記ゆ三九九一八号契約について』

回覧用紙の見出しには、そう書いてある。新田は本文を読んでみた。

『保険協会からの連絡により、養老死亡保険記ゆ三九九一八号契約について、横浜支社が調査した結果は次のように報告がありました。

同契約の契約者小梶美智雄氏は、
五月六日付で、本社と十年払い養老死亡保険と契約。保険金二百万円。月掛保険料一万八千円。

五月七日付で、アサヒ相互生命と十年払い養老死亡保険を契約。保険金二百万円。月掛保険料一万八千円。

五月八日付で、東日生命と十五年払い養老死亡保険を契約。保険金二百万円。月掛保険料一万二千二百二十円。

小梶美智雄氏は契約年齢五十歳で、職業は会社員。勤務先は全日本通信広告社（全通）で、地位は会計課長。月収は八万円程度と思われます。

家族は妻は死亡、長女は四月二十日に結婚、長男は居所不明、次女は同じく全通に勤務、となっております。

なお、契約者ならびに被保険者は小梶美智雄氏、保険金受取人は次女、と三社との契約とも同一であります』

記憶違いではなかった――と、新田はホッとした。ホッとしたといっても、それは安堵《あんど》ではなかった。小さな満足には違いないが、暗い満足だった。思いついたことを確認しただけであって、そうであることを期待していたわけではないのだ。

小梶美智雄の保険契約は、こうした文書によって『要注意』とされている。その理由は五月六日から八日にかけて、一日に一社ずつ保険契約を申し込んでいることだ。こういう申し込みは、けっして保険外交員の勧誘によってなされたものではない。自分から進んで契約申し込みしているはずだ。なぜ一時に、三社も相手にして生命保険の契約をする気になったのか。まず、その点に疑惑を持たれる。

それに、保険金が、六百万円であることだ。急に六百万円もの保険金を必要とするようになった必然性がない。その額も、どちらかと言えば分不相応である。

保険料はこの計算で行くと、一ヵ月に四万八千二百二十円ということになる。小梶美智雄の月収は八万円程度と見込まれている。すると、彼は月収の三分の二近くを、生命保険料に注ぎ込むわけである。これは無謀《むぼう》だし、非常識だと言わなければならない。

彼の家族に多くの収入を得ている者がいるならば、また別だった。しかし、長女は四月に結婚しているし、長男は居所不明となっている。次女というのが小梶鮎子のことだろうが、鮎子にしてもそれほど収入があるとは考えられない。おおめに見ても、二万以上の月給はもらっていないだろう。

父娘《おやこ》の月収を合わせ十万円と考えても、四万八千円の保険料の支出は大きい。

こうなると、この契約はたしかに『要注意』である。少なくとも、堅実な保険契約とは言えない。あまりにも無理のある保険料額は、継続して払い込む意志は最初からないと見るべきだった。継続して保険料を払い込む意志のない保険契約などする必要があるのか。

たった一つだけ考えられることがある。それは保険金詐取だ。

そして、『要注意』を裏付けるように、今日、小梶美智雄は崖の上から突き落とされて死んだ。契約は先月に成立している。保険料は、まだ、一回分を払い込んだだけだろう。

もし、小梶美智雄が生命保険に関係のない理由で殺されたのだとしたら、保険会社は当然六百万円の保険金を支払わなければならない。

だが、四万八千円ばかりの保険料を払い込んだだけで、六百万円の保険金をせしめようとした何者かの計画殺人だ、という可能性もある。

生命保険には、商法六百八十条で保険者の免責事由という規定がある。つまり、その事由によって被保険者が死亡した場合は、保険金を支払わないということだ。

たとえば、被保険者が戦争などの変乱によって死亡した時、死刑執行によって死亡した時、というのがそれである。

しかし、最も重要なのは次の三点である。第一に、契約後一年以内に被保険者が自殺した時。第二に、保険金の受取人が故意に被保険者を殺した時。第三に、保険契約者が故意に被保険者を殺した時——。

小梶美智雄の場合は、契約者と被保険者が共に彼自身であるから、第三点は除外してもいいだろう。問題なのは、二点目の「保険金の受取人が故意に被保険者を殺した時」である。

文書によると、小梶美智雄の保険金受取人は次女ということになっている。次女と言えば鮎子のことだ。しかし、鮎子が小梶美智雄を殺したとは思えない。

娘が保険金欲しさに父親を殺すだろうか。第一、小梶美智雄が崖の上から突き落とされた時、鮎子は走っている東海道線の列車内にいたのだ。鮎子が父親を殺すことは、物理的に不可能だった。残酷なことに、彼女は父親の死を目撃してしまったが、手をのばして父親を崖の上から引きずり落としたわけではない。

自殺ということも、ないとは言いきれなかった。小梶美智雄は前もって自殺を覚悟していたとする。だが、娘には生活の安定を保証してやりたかった。そこで多額の保険金をかける気になった。しかし、契約後一年以内の自殺では保険金は支払われない。彼は殺されたと見せかける一人芝居を演じながら、自殺した——。

こうなると警察の範疇《はんちゅう》だが、一応調べてみる必要があった。

可能性と言えば、小梶美智雄の長男か長女が彼を殺したということもあり得る。保険金の受取人は鮎子に指定されてあっても、鮎子が大金を握れば、自然に長男や長女も潤《うるお》うはずだった。

子供が父親を殺すという特異な仮定は除外したとしても、小梶美智雄の保険金によって救われるだろう人間は幾人かいるに違いない。六百万円のうちの何パーセントかでも、恩恵を受ける立場にある人間はすべて疑わなければならない。

たとえば、長女の夫やその親、長男の愛人なども、疑惑の圏外にいると断定することはできないのだ。

いずれにしても、調べてみるべきだった。ふつう、調査員の行動は、保険金の受取人から保険金請求がなされて、そこに不審が感じられた時に始まるのだ。だが、新田はこれに拘泥《こうでい》する必要はないと思った。

小梶美智雄の場合は、彼の死に偶然立ち会ってしまったようなものだし、彼の名前を記憶していたことによって、新田は一段階前にこの保険契約に不審を持ったわけである。

調査は早く行なわれた方が効果的だ。もし、これが計画犯罪だとしたら、犯人が隠蔽《いんぺい》のための工作をする恐れがある。調査が早ければ、それを少しでも未然に防げるのだ。

当然、警察が行動を開始しているだろう。それに並行して調査できるのも好都合だ。

新田は上着を肩にかついで、ゆっくり窓際まで歩いた。向かいのビルの四階には、煌々《こうこう》と明かりが灯《とも》されている。セメント会社のホールだった。なにかの祝賀会でも開かれているらしく、白布に被われたテーブルが続き、席についている人たちの姿が見えた。正面の席に、男が一人立っている。挨拶を述べているのだろう。

人々の視線が、その男に集中していた。やがて、席上の一同がいっせいに拍手を始める。人の声も拍手の音も聞こえては来ない。まるでパントマイムだ。だが、その方がいかにも盛会だという感じだった。

新田は、わずか十メートルも離れていないところの、その光景に、少しも親近感を覚えなかった。地球の裏側で行なわれている戦争よりも、この祝賀会に隔《へだた》りを感じていた。自分は華麗さを憎んでいる——と、新田は苦笑した。蛆虫《うじむし》のように、暗く、湿っていて不潔なものばかりを求めているのかもしれない。

だから、この職業が性に合っているのだ、と新田は考える。なにも不正をあばく正義感に情熱を燃やしているわけではない。ただ、欲望に膿《う》みただれている人間の傷口を、これでもかこれでもかと、ほじくり返したいだけである。彼の過去の汚点、いや傷痕が、彼にそうさせるのだ。

新田は下を見た。ビルの谷間は黒い帯になっていた。通行人も走る車もあるのだろうが、闇のレースがその動きを気配だけにしていた。

彼は、この闇に佐伯初子の白い顔を思い浮かべた。初子は、まだ、小梶美智雄の保険契約については、なにも知らないのだ。どこかでだれかが死んだ、ただそれだけのことだ——と、彼女は言っていた。

新田が一足先に調査を始めていたと知ったら、初子は出し抜いたと怒るにちがいない。くだらないことだった。あの退屈な女の対抗意識が、新田には滑稽に思える。人を信ずるから裏切られるのだ。最初からだれも信じなければいい。新田は、なにも秘密裏に行動して他社の調査員を出し抜こうという気はない。やりたいことをやる。ただそれだけだった。

「もう、よろしいんですか？」

急がせるように、監視員が立ち上がった。

「ああ……」

と、返事だけはしたが、新田は動かなかった。闇の中の初子の顔は、小梶鮎子のそれに変わっていた。

なぜ、あの女に興味を感じたのか。新田が、小梶美智雄の死の調査に、積極的な意欲を持ったのも、鮎子の存在が幾らかでも刺激になっているのではないか。

初子もそのようなことを匂わしていたが、新田は鮎子の翳《かげ》ある眼差しになにかを感じたに違いない。

《そうだ。あの女は鏡の中のおれのような気がする……》

彼は、窓ガラスに映っている彼に囁《ささや》いた。

5

広告会社といえば安っぽいが、全通——全日本通信広告社は、大企業に近い。本社は大阪にあり、東京にある全通会館は準本社ということになっている。このほか、函館《はこだて》、仙台《せんだい》、新潟《にいがた》、名古屋《なごや》、広島《ひろしま》、高松《たかまつ》、福岡《ふくおか》に、それぞれ支社があった。

社員総数は九千名で、企業内容も広範囲である。テレビ、ラジオのコマーシャルの取り扱い、新聞雑誌の広告の取り次ぎ、各種パンフレットやポスター、その他広告宣伝と名のつくあらゆる業務を扱っている。

大手町《おおてまち》にある準本社『全通会館』の建物も堂々とした五階建てで、周囲の銀行やビルと比較してもヒケはとらなかった。

都庁前の歩道を行くと、氷山を思わせるような『全通会館』の白っぽい建物が、まず目につく。正面入口の真上《まうえ》に『全通』という大文字が真紅《しんく》のタイルの嵌《は》め込みで描かれている。これがまた、白っぽい建物の壁に浮き上がってあざやかだった。

夏、夕立ちの上がった後など、皇居《こうきょ》の森の緑と、銀色に輝く建物と、濡れて光沢を増した真紅の文字、それに空のコバルトブルーがすばらしい配色となって、絵本のような美しさだという。

新田も、全通会館の前に立ったとき、そんな美しさを容易に想像できた。正午を過ぎたばかりのこの近辺には、休憩時間に散歩する丸ビルかいわいのＢＧたちが溢《あふ》れていた。真昼の日射しが地上に無数の影をおとしている。その影の濃さ、そして街路樹のそよぎが、南国の町にいるような錯覚を呼ぶ。ＢＧたちの顔にも青春があった。

新田は今朝、社へ出勤して大阪の鳥井事件の詳細な調査報告をすませると、保険金課長と調査係長に、小梶美智雄の死亡事件について相談した。『要注意』の契約であったし、新田の調査を始めたいという申し出に、課長も係長も反対はしなかった。二、三日休養してから始めたらどうかと、疲労を心配してくれたが、新田は今日から調査を進めたいと言い張ったのである。

調査方針は、全通へ行って小梶美智雄について聞き込みを行なうか、それとも、真鶴へ行って小梶美智雄の死亡現場から手をつけるか、二通りあった。打ち合わせた結果は、最初に全通、それから真鶴へ向かうということになった。

新田の予定では、今日の夕方までに全通での聞き込みをおえ、夜の下り列車で真鶴へ直行することになっていたのである。

全通会館の正面受付は、ナイトクラブのクロークのように、長いカウンターになっていた。それぞれ胸の前に電話機を置いた受付嬢が五人もすわっている。だが、どの受付嬢も外来客の応対で、手がふさがっていた。

新田は少し待って、右端の受付嬢の前に立つことができた。

「お待たせいたしました」

受付の女は丁重に彼を迎えた。

「会計課の人に会いたいんですが……」

「会計課のだれでしょうか?」

「だれでもいいんです」

「は?」

女は困ったような顔をした。

「ご用件は?」

「話を聞きたいんですよ」

「あのう……」

「小梶という会計課長のことについてね」

この女は何とかいうイタリアの女優に似ている、と思いながら新田は言った。

「どちら様なんでしょうか……?」

女は、語尾を鼻にかけて上げた。見ようによっては陰惨な新田の翳を、薄気味悪く思ったのか、女は戸惑《とまど》っている。

「小梶会計課長が昨夜死んだでしょう」

と、新田は名刺をカウンターに置いた。

彼は決して、亡くなったとは言わない。死んだと言う。どっちにしても同じことだし、死んだと言った方がピッタリするのだ。人の死に連係する職業が、亡くなったなどという儀礼語に不感症にさせたのかもしれない。

女は新田の名刺を見て、その来意を汲みとったらしい。送受器を手にして、ダイヤルを回した。

「あのう、二階左側の突き当たりが会計課になっております」

電話をかけおえた受付の女は、指で階段を示した。

「課長代理の五十嵐《いがらし》が、部屋の前でお待ちしてますから、どうぞ」

芝居がかった愛想ぶりだし、声も作っているが、協信生命の監視員よりは、ここの受付嬢の方がはるかに感じがいい、と新田は思った。

広い階段を上がり、廊下を左へ折れると、会計課のドアが見えた。部屋に窓が多いのだろう。ドアのグラスが白々と明かるかった。そのドアの前に人影があった。逆光を浴びて、そのシルエットは、磨き込まれた廊下に滲《にじ》んだような影を映していた。五十嵐という課長代理なのだろう。

新田が近づくと、その影は気安く声をかけて来た。

「やあ、どうぞこちらへ……」

「協信生命の新田です」

「五十嵐です」

課長代理は、新田の顔もろくに見ないで右側のドアに手をかけた。

「さあ、どうぞ」

そこは小さな応接室だった。円卓を囲んで木製の椅子が三脚、配置されてあった。白い灰皿がポツンと置いてあるのが寒々とした感じで、この建物の外観には似合わず、粗末な部屋だった。

「会計課の部屋へは、外部者をお入れできないことになっておりますので、こんな部屋でご勘弁ください」

五十嵐は言いわけがましく言って、椅子を引き寄せた。

「ご用件は、だいたい察しがついておりますが……」

「小梶美智雄氏の死亡の件で――」

「いやあ、驚きましたなあ。わたしは今朝出勤して来て、小梶さんのご不幸を知らされましてね」

額は禿げ上がっているが、五十嵐には三十代の精悍《せいかん》さがあった。この若さで全通の課長代理になれるからには、それなりの実力があるのだろう。サラリーマンとしての老《ふ》けは、微塵《みじん》も感じられなかった。

「人間というものはわからんものですね」

とは言いながら、五十嵐はいっこうに小梶の死を悼《いた》んでいるふうではなかった。

「崖から突き落とされたという話ですが、会社の方へも、そういう連絡が来ておりますか？」

新田は冷ややかな目を、五十嵐に据えた。

「そうです。そういう連絡でした」

「すると、殺されたわけですね？」

「そうと解釈すべきでしょうな。警察でも、他殺と見ているそうです」

「五十嵐さんとしては、どう思われます？」

「は？」

「つまり、小梶氏は殺されるような人だったのでしょうか？」

「さあ……それはむずかしい質問ですね。わたしとしては、小梶さんはそんな人ではないと言うのが、まあ、同じ職場にいた者の人情ですからね」

「いや、客観的に見て、ですよ」

「いちがいには言い切れませんね。小梶さんの私生活にタッチしていたわけではないし……。人にはそれぞれ生活の裏というものがあるでしょうしね」

「小梶さんと深い付き合いはなかったんですか？」

「ええ。なにしろ小梶さんのお宅は小田原だったし……。小梶さんは酒が好きでしたから、そっちの方の付き合いは、ちょいちょいありましたがね」

「小梶氏は小田原から通勤していたんですね？」

「そうです。小田原から東京まで約一時間四十分ですからね。朝七時半ごろの列車にのれば九時半の出勤時間には十分間に合うというわけです。都内の郊外より早いくらいかもしれませんよ。それに小梶さんのお嬢さんが、うちの社の秘書課にいるんです。二人一緒に出勤してくるんだから、退屈もしないわけですよ」

「ほう、小梶氏は娘さんと一緒に通勤していたんですか？」

「ええ。仲のいい父娘《おやこ》でしたからね。普通だと、若い娘は、自分の父親と同じ列車で通勤するなんてことを嫌うんですがね」

「ところで、小梶氏の社内での評判は？」

「可もなし、不可もなし、というところでしょうな。あの人はどちらかと言えば、堅実型で、あまり目立たなかったですから……」

「要するに、典型的なサラリーマンというわけですね？」

「まあ……気が大きいというタイプではなかったですね」

五十嵐は曖昧《あいまい》に笑った。その笑いの陰にはかすかに嘲《あざけ》りの響きがあった
堅実だが要領が悪く、目立たない。年功によって一段一段地位を獲得して行く。小梶美智雄はそんな男だったのだろう。五十嵐が三十代で課長代理なのに、小梶は五十歳で課長だったという点でもうなずける。

「自殺だった、とは考えられませんか？」

新田の質問は輪郭を一周してから、一歩核心へ近づいた。

「小梶さんが自殺ねえ……」

五十嵐はポケットからウェストミンスターを罐ごとつかみ出した。

「自殺の動機になるようなことの、心当たりはありませんか？」

「ない、と断言していいでしょうね。ただし、会社に関係のある範囲内でですよ」

ウェストミンスターの罐を、五十嵐は新田の顔の前へ突き出した。新田は首を振って、

いらないとことわった。

「小梶氏に関して、社内で悶着《もんちゃく》のようなものはなかったですか？」

「悶着はありませんが、小梶さんが気にしていたことが三点ばかりありますね」

「どんなことです？」

新田は、ライターの火を近づける五十嵐の口もとをみつめた。

「一つは、小梶さんの怪我《けが》ですね」

「怪我って……小梶氏は——」

「ええ、右脚をくじいたんですよ。酔っぱらって東京駅の階段を滑り落ちましてね」

「では、小梶氏は歩けなかったんですか？」

「いや、五日ほど前から歩けるようになったそうですよ」

「そんなていどの怪我で、なにを苦にしていたんです？」

「つまり、そのために会社を二週間ばかり休んでいるんです。それが苦痛だったんでしょうね。おそらく小梶さんとしては、こんなに長く会社を休んだことはなかったんでしょう。しかも、酔っぱらって怪我したということでは上司《じょうし》に対しても聞こえが悪い。勤務評定が気になるってわけです。おまけに、わたしが、課長の仕事を代行することになった。小梶さんとしては、自分の現在のポストを奪われるのではないか、と不安なんでしょう」

小梶が死んだのでただちに今日から五十嵐が課長代理を命ぜられたのか、と思っていたが、そうではなかった。小梶は右脚を負傷して、二週間前から会社を休んでいたという。そのために、五十嵐が課長代理となったのだ。

「しかし、こんなことで小梶さんが自殺するはずはないでしょう」

五十嵐は濃い煙を吐く。ウェストミンスターの強い香りが、部屋にこもったようである。

「まあね。自殺するくらいなら、課長のポストなどに執着しないでしょう。じゃあ、次の二点をお聞かせ願いましょうか……」

新田は、顔の前に漂う煙を振り払った。彼は、たばこを夜のうちだけ吸う。昼間のたばこの匂いは、あの忌《い》まわしい情景の幻想を呼ぶのだ。

「もう一つは、三ヵ月ほど前、会計課でちょっとした事故があったことです」

「小梶氏の責任になる事故ですか？」

「まあ、間接責任というところですね。若い会計課員の使い込み事件ですよ。発覚が早かったし、使い込み金額も回収されたので、その当事者が馘《くび》になっただけでした。しかし、直属管理者の監督不行届《ふゆきとどき》ということで、小梶さんも部長から注意されたはずです。やはり、このことも、小梶さんは気に病んでいましたがね」

「しかし、その事故は三ヵ月前のことなんでしょう？」

「そうです。だから、これも自殺の動機にはなりませんよ。三ヵ月も過ぎてから、思い出したように自殺するなんて、変ですからねえ……」

「もう一つというのは？」

「これは、前の二つ、怪我のことと使い込みの件がからまってくるのですが……」

五十嵐はハンカチを出して、眼鏡をはずすと、顔を撫で回すようにして拭《ぬぐ》った。ハンカチの白さに、指先の脂《やに》の色が目立った。

「うちの会社は、来月早々社始まって以来の大機構改革をやることになっています。人事異動はもう内定しているらしいのですが、いっさい極秘で、われわれには見当もつきません。当然、中堅幹部以上の社員たちは仕事に手がつかなくなります。なにしろ、辞令一本で北海道の函館あたりへ飛ばされるんですからね。大阪本社は沈黙を守っている。わからないからなおさら不安です。大恐慌ってわけですよ。小梶さんは、今年の初めから、この人事異動を心配してましたが、その後、例の部下の使い込み事件やら、自分の怪我のことなどを考えて、ますます不利になったと思っていたんでしょうね。点数が悪い奴は函館行きだなんていう冗談を真《ま》に受けて、ひどく気がかりだったようですよ」

「つまり、転勤を恐れていたわけですね？」

「これも自殺の原因にはなりませんな。不安と焦燥《しょうそう》があったとしても、まだ異動は発表されたわけではないんですから。結果も待たずに自殺することはないでしょう。いや、たとえ函館行きと決定しても、転勤を命ぜられて死ぬなんてことは考えられませんよ」

「たぶんね……」

新田は投げやりに言った。

どうやら、小梶が自殺したという線は出て来そうもない。五十嵐の話の限りでは、自殺の動機は見当たらなかった。かえって、小梶は自殺などするような男ではないという印象を深めた。つまり、小梶は非常に生臭いのである。小梶が苦にしていたという三点にしても、結局、現在の自分の保身に汲々《きゅうきゅう》としている現われなのだ。

課長のポストを失いたくない。地方へ転勤させられたくない。こんな願望に引きずられている人間は、自殺する気持などもうとうないのである。小梶は、一見、小心そうに見えて、実は自我の塊のような気がする。

この新田の洞察は間違っていなかった。新田は一種の色眼鏡で小梶という人間を見た。それが大きな役割を果たすとは、この時はまだ予測するはずもなかったが。

自殺を考える時の気持は、新田にはよくわかっている。この世の中のすべてに立体感も遠近感もなくなるものだ。悲痛でもない、孤独でもない、いっさいが無だ。その中で、ただ機械的に自分の生命を絶とうとする。

しかし、小梶の人柄からは血の匂いがプンプンするようだ。血を造り、その血によって生きようとする人間の匂いである。

自殺という仮定は、一応捨てることにした。すると、他殺の線を追うことになる。生命保険にかかわりない殺人事件ならば、警察に任せればいい。だが、そう結論が出るまでは、調査を進めなければならない。まず、保険金受取人の鮎子を糸口にするべきだ。しかし、鮎子を犯人とすることは不可能なのだ。

新田は迷った。一瞬、とるべき方向を見失っていた。

「告別式はいつになるのかな……」

五十嵐は天井を見上げて、指で顎の肉をつまんでいる。彼は、小梶を、すでに過去の人間にしていた。五十嵐の脳裏は、課長代理から正式課長に昇進することで、いっぱいなのだろう。

「小梶鮎子さんをよくご存知ですか?」

鉛色のような新田の顔に、かすかに血の気がさした。

「憂愁夫人《ゆうしゅうふじん》ですか……」

「憂愁夫人?」

「社内ではそう呼ばれてますよ。ちょっと、そんな感じでしょう。もっとも、独身ですがね」

「評判は？」

「いい娘ですよ。秘書課長の信任厚くてね。友だちはあまりいないようです。無口で、少し変わってますからね。しかし、水泳が非常に達者で、社内の対抗のレクリエイションの時は花形ですよ。どうやら彼女の水着姿に拍手を送る男性が多いらしいですが……」

五十嵐は妙な笑い方をした。眼鏡の奥で、目が光る。それが淫蕩《いんとう》的な感じだった。新田は、五十嵐をどうも虫が好かない男だと思った。

「恋人はいそうですか？」

新田はこけた頰に手を当てた。

「いないでしょう。男など眼中にないという感じですよ」

五十嵐は小さく肩をすくめた。鮎子が彼をも無視するのが不満らしい。

この時、ドアがノックされた。五十嵐が返事をする前にドアがあいて、女事務員が顔を覗《のぞ》かせた。

「あのう、警察の方がご面会です」

「わたしに？」

五十嵐は指先を自分の鼻に向けた。

「はい。小梶課長さんのことで……」

「ああ、そう」

と鷹揚《おうよう》にうなずいて見せる。貫禄を示しているつもりなのだろうか。

女事務員が引っ込むと、入れかわりに新田と同年輩の男が部屋へはいって来た。日焼けした顔に油っ気のない髪の毛を無造作《むぞうさ》に垂らしている。目は柔和だったが、顔全体の締まりがいかにも刑事という感じだった。

「課長代理の五十嵐です」

「神奈川県警察本部、捜査一課の高良井《たからい》ですが……」

二人は簡単に挨拶をかわした。

高良井と名乗った刑事は椅子にすわると、短い視線を新田に投げた。

「こちらは……?」

刑事は五十嵐にきいた。

「保険会社の方で――」

と言いかけた五十嵐の言葉を引き取って、新田は名刺を差し出した。

「小梶美智雄氏の生命保険について調べているんです」

「ほう……」

刑事は新田の名刺をかざすようにして眺めた。

「それは、ずいぶん早手回しですね」

「今後、ご協力を願いたいんです」

「そう言えば、小梶美智雄氏には多額の保険金がかけてあったそうですね」

「六百万ばかりね」

「六百万！」

と、驚いたのは五十嵐だった。

「そうですか……」

刑事の方は静かな面持《おもも》ちであった。

「警察としても、保険金関係の点を調べることになるでしょうから、その時はよろしく」

刑事は新田の名刺を手帳の間にはさんだ。ここで神奈川県警の刑事と一緒になれたことは、新田にとって好都合だった。今夜真鶴へ行くための予備知識に、聞けることは聞いておこうと思った。

「やはり、他殺なんですか？」

他殺かどうか、警察の断定を聞いておく必要はあった。

「他殺です」

刑事は躊躇《ちゅうちょ》なく答えた。

「警察では、真鶴署に捜査本部を設置しました」

「目撃者がいたんですか？」

「いや、現場付近には人家がなく、人通りもない崖の上の道ですから……」

「すると、列車の中から見たという目撃者だけですね？」

「そうです」

「それでは不確実でしょう。列車の中から見たのでは、他殺であることを確認できませんよ」

「そうです。列車の中からの目撃者たちの証言もマチマチだし、曖昧《あいまい》です。突き落とされたのだと言う人が一名。そんな気がすると言う人が一名。両手をひろげて落ちて行ったから突き落とされたのだろう、と言う人が一名。こんな具合ですから、信憑性《しんぴょうせい》は……」

「では、他殺だという根拠は？」

「現場の状況でそう判断されるんです」

「というと……？」

「現場は熱海街道から林の中へはいり、東海道線の線路近くへ突き出ている崖の上なんですがね。小道がありますが、これは林伝いに山を下っている道で、めったに人は通りません。それでも危険防止のために、崖の上の先端には、二メートル幅の木柵が立ててあったんです。被害者は、その柵ごと十八メートル下の崖へ転落しました。崖下には石垣工事専用の石材が置いてあったんです。即死です」

「柵ごと落ちたというのが、他殺の根拠なんですか？」

「柵はすっかり腐食してたんです。根元も浮いていたし、ちょっと見では安全のようですが、役に立つものではありません。自殺ならば、柵をよけて飛びおりるでしょう。だれかに突き飛ばされて、柵ごと落ちたとしか考えられないのです」

「過失という考えはいかがです？」

「わざわざあんな場所へ行って、柵に寄りかかったというんですか。被害者は昨日、真鶴の水族館へ行くと言って家を出てます。その被害者が、夕暮れの、それも人の気配もない崖の上へ自分の意志で行ったとは考えられませんね」

新田は黙った。

どうやら警察の判断は正しいようである。確かに、小梶が好んでそんな場所へ行く必然性がない。真鶴へ来た目的を果たしたら、小田原の家へ帰っただろう。気違いや子供ではないのだ。とんでもないところで道草をしていて過失死を遂げたとは思えない。

では、小梶はなぜそんな場所へ行ったのだろうか。彼以外の人間の意志によるものと解釈するよりほかはない。

適当な口実で、小梶はXに誘われ、あの場所へ行ったのだ。Xは柵が腐食していて、重味が加われば倒れるであろうということを知っていたのだ。それを知らない小梶は、柵があることで気を許していたのに違いない。Xは隙を見て、小梶を突き飛ばす。右脚が完全でない小梶は、そのまま柵もろとも、崖下へ転落した——。

やはり、Xという人物の存在を考えなければならない。そして、Xが犯人なのだ。新田は、Xに当てはまる人間の顔を、漫然と想像した。それは、無意識にXに挑戦している証拠だった。

「わたしへのご用件というのは?」

五十嵐が四本目のたばこを灰皿にねじりつけながら言った。

「これは失礼しました」

刑事は新田の方を見て苦笑した。お前が話しかけるからだ、と言いたそうな笑い方だった。

「実はですね……」

真剣な表情にかえると、刑事は五十嵐の方へ向きなおった。

「銀座のカトレヤという靴屋をご存知でしょう?」

「知ってますが——」

とうとつな刑事の質問に、五十嵐は腑《ふ》に落ちないという顔つきだった。

「小梶美智雄と付き合いのあった人の中に、最近カトレヤで買物をした者があるかどうか、お尋ねしようと思いましてね」

「はあ……」

「これなんですが——」

刑事はポケットからハンカチの包みを出して、テーブルの上に置いた。ハンカチの中身は、黒い靴ベラだった。靴ベラの表面には金文字で『銀座CATTLEYA』と書いてある。靴屋で買物をすると、かならず付けてくれる安物の靴ベラだった。

「現場から発見されたものです。事件に関係があるものかどうかはわかりませんが、金文字がすれていないところを見ると、ごく最近カトレヤでもらった靴ベラです。指紋が採取されないので、一つご協力をお願いするわけです」

「小梶さんのものではないんですね」

「ええ。カトレヤで靴を買ったことは一度もないそうです。娘さんの話ですがね」

「すると、男に限って調べればいいわけですな」

「いや、カトレヤでは、ハンドバッグを買った時も、この靴ベラを付けているそうですから……」

刑事はたばこを口にくわえた。五十嵐がライターの火を貸してやった。

新田は緩慢《かんまん》な動作で立ち上がった。今が引き揚げるには、いい潮時だった。彼の気持は半分、真鶴へ飛んでいた。真鶴には、彼を待っている何かがあるはずだった。新田はいつになく緊張を覚えた。この時も、彼の思考のどこかに、小梶鮎子のことがあった。

6

新田は十九時三十六分の小田原行下り電車に乗った。小田原着は二十一時十六分だった。短い旅行である。電車だったせいか、東京を離れたという気がしなかった。小田原でハイヤーを頼み、熱海街道を走った。現場まで約二十分かかった。ハイヤーは待たせておくことにして、新田は左手の林の中へ、だいたいの見当をつけて踏み込んだ。ハイヤーの運転手の話によると、江之浦《えのうら》というところと、鍛冶屋《かじや》というところの、ちょうど中間だそうである。

雑木林の中を、小道が走っていた。星明かりに、それが白い帯のように見えた。まもなく雑木林が切れた。道は崖の上へいったん出てから、下りかげんにふたたび林の中へ続いた。

　崖の上は、十畳ほどの広さだった。岩が露出しているわけでもなく、雑草に被われた小さな庭のような感じだった。

　新田は崖の上の先端に佇《たたず》んだ。足もとの土がささくれたように割れていた。柵が抜け落ちた跡なのだろう。

　眼下に、東海道線の線路が見おろせた。二条の銀色の線は、左へ急カーブして、崖の陰に消えていた。

　右手に真鶴駅が見えて、その先が真鶴町の夜景だった。ネオンもなく、水銀灯のような輝きも目に映らなかった。赤茶けた灯の瞬《また》きが、小さな町の平和な眠りを感じさせた。

　磯崎《いそざき》という漁港があり、そのあたりの灯が陸地と海の区別をつけている。海と空は一体になっていた。それは、巨大な黒い空間だった。わずかに、真鶴岬が横たわった人間の上半身のような輪郭を描いていた。

　新田は茫漠《ぼうばく》とした闇を眺め続けた。昨夜、ここに殺人があったことなど、嘘のようだった。彼の周囲は、あまりにも広かった。

　波の音も聞こえなかった。しかし、その静寂が、海の近いことを教えてくれた。

　彼の脳裏を、三人の人物が錯綜《さくそう》した。小梶の三人の子供たちのことである。保険金欲しさに、子供が親を殺したとは考えたくなかった。しかし、親子の利害関係ほど密着したものはない。

小梶が死んで、利益を得る者は、たとえ子供であろうと疑わなければならない。生命保険会社の調査員が守るべき鉄則は、被保険者が死亡して潤《うるお》う者に注目しろ、ということである。

このとき、新田は背後に動くものの気配を感じて振り返った。二メートルと離れていない雑草の中にのびている、白い二本の脚を新田は目の隅で捉えた。夜目《よめ》にはっきりとはしなかったが、茶系統のワンピースを着た女だった。女は、振り向いた新田に目礼した。白い顔が闇に浮き上がって見えたが、新田には見覚えのない女であった。

「警察の方ですか?」

女は、新田と並んでたたずんだ。湯上がりのような女の体臭が、彼の周囲に散った。

「いや……」

新田は、海とも空ともつかない黒色の壁に視線を戻した。

さりげないふうは装っているが、新田の神経は痛いほど身体の右側面に集まっていた。彼の右側には女がいる。この女は、真鶴に来た新田の前に最初に姿を現わした女である。極言すれば、この女が新田の進むべき道を左右するかもしれない。

「なにしに、こんなところへ来られたんですか？」

新田は、女の顔を見ないで言った。彼は、この女を鮎子の姉、つまり小梶の長女ではないかと思っていた。警察の方ですか、ときいたからには、ここで死んだ小梶に縁のない者ではないはずである。

しかし、女は新田の質問には答えずに、ひっそりと呟いた。

「かわいそうに……小梶さん……」

新田は、思わず女の横顔へ視線をやった。女は、遠くを見るような目をしていた。見込みの狂いに、新田は狼狽した。慌《あわ》てて視線を海に戻すと、闇と灯と、安らぎと人殺しと、彼はそこに、崩れた絵を見た。

歪《ゆが》んだ環《わ》

1

視界から目を引き放すようにして、女は新田の方へ顔を向けた。短い間、まず感慨にふけってから、さてというふうに新田の存在に関心を持ったようだった。

新田純一は、崖下をゆるやかに通過する列車を見おろしていた。このまま、女を行きずりの人間にするつもりはなかった。小梶美智雄の死を悼《いた》む女とここで会えたのは、むしろ幸運でもある。新田は、女と話し込めるキッカケを作らなければならなかった。

列車の窓は明かるかった。闇を横切って行くせいだろうか。列車の中が、ひどく豪華なように見えた。窓際にすわっている乗客たちの衣服が、あざやかな色彩だった。窓は灯の帯だった。灯の直線は半円を描くようにして、カーブするレールに従った。そしてそれは端から、崖の陰へ吸い込まれるように消えて行った。

「あなたは――」

新田は顔を上げずに、女に言った。

「小梶さんとは、どういうお知合いなんです？」

「どうって……困ったな」

女の声は大きかった。声帯に潤いがないように、ガサガサした低音だった。

「親戚の方ですか？」

「嫌《いや》ねえ、親類だなんて。くすぐったくなっちゃうわ、そんなこと言われると。第一、小梶さんには、娘や息子を除いたら、血縁関係の人なんか、ろくにいやしないもの」

女は快活に言い返した。快活というよりも、その早口が下品だった。口のきき方も当を得ているとは言えなかった。思っただけのことを、生《なま》のままベラベラ言葉にしてしまうという感じである。少なくとも、良家の子女、あるいは並の人妻とは思えない。

「しかし、小梶さんに関しては、いろいろとお詳しいようですね」

新田は腕を胸高に組んだ。細く長い腕の肘《ひじ》が両側に突き出た。

「ま、そりゃあね……」

当然だというように、女はうなずいた。

「わたしは協信生命の新田という者ですが、小梶さんの生命保険のこともあって、ぜひあなたからお話を承りたいんですがね」

「そう。あたし五味《ごみ》志津《しず》……」

女は、小梶の生命保険にまったく興味を持たないふうである。自分がしゃべることに気が走っているようだった。それに人見しりをしない性質《たち》らしい。

「真鶴の駅の近くで、小さなバーをやってんの。小梶さん、よく来てくれたわ。そうね、週二回、土曜日の夜なんかはかならず来たの。いつも東京の勤めからいったん小田原の家へ帰って来て、それからわざわざ、あたしのところへ出かけて来てくれたのよ」

「飲みに来るんですね？」

「そりゃあバーに来るんだもの、飲むことは飲むけど……」

志津は語尾を曖昧《あいまい》にした。途中で言いにくくなったのだろうが、その逡巡《しゅんじゅん》にはかすかに羞恥が含まれていた。

新田は、初めて女の顔を直視した。白い丸顔に目鼻立ちが大きかった。笑うと愛嬌《あいきょう》のある顔になるに違いない。志津はもの怖《お》じしない目で、新田を見返した。口のきき方とは裏腹《うらはら》に、その目にはひたむきなものが感じられた。三十を越したというところだろうか。ワンピースに包んだ小太りの身体に、成熟した女の匂いがあった。

「つまり、小梶さんはあなたのところに泊まって行ったわけですか?」

新田は単刀直入にきいた。こういう女には割り切った口のききようの方が効果的である。恥じらいにこだわらず、話に乗ってくるからだった。小梶と志津の関係が特別のものだったとわかった以上、事務的な質問の仕方をするべきなのだ。新田の無表情も、志津の気持を楽にさせたようだ。彼女は素直に顎をたてに引いた。

「三度に一度はね。でもほとんど最終の列車で小田原へ帰って行ったわ。小田原まで十八分だし、それに娘さんたちの手前もあるしね。でもね、あたし小梶さんが来た晩は、九時になるとさっさと店をしめちゃうのよ。あたしの住居はお店の二階でしょ。だから……」

志津は喉《のど》を見せて、黒い空を見上げた。過去の幸福を懐かしむのではなく、漠然と追憶しているという顔つきだった。

その志津の表情からは、かつての小梶との関係がどのようなものであったかを、読み取ることはできなかった。肉体交渉があったことは確かだ。しかし、それが一種の契約のもとに行なわれたのか、それとも打算を抜きにした愛人関係だったのか、判断がつかなかった。

「店を早じまいして二人きりの時間を作るだけの報酬を、小梶さんから受けていたのですか?」

新田はきいた。

「別に……」

志津はケロッとして答えた。

「そんなことしないわ。バーをやってる女だからって、そんな見方するのね。あたし、小梶さんからビタ一文もらった覚えはないわ」

言葉つきは粗暴だったが、志津の顔は怒っていなかった。

「では、小梶さんと結婚するとでも？」

「なに言ってるの！」

志津は心外だというように目を見はった。

「小梶さん、五十だったのよ。それに子供たちだって、一人前の大人じゃないの。いまさら結婚なんて考えられる？　あたしにしたって、結婚してまで小梶さんと一緒にいたいなんて思ってもみなかったもの」

「しかし――」

「おかしいっていうの？　男と女が一緒に寝るには、お金とか結婚とかいう理由が必要だってわけ？　冗談じゃないわ。小梶さんも悩んでいた、あたしも寂しかった。だから二人は身体をぶっつけ合っていた。ただそれだけのことよ」

志津は新田への視線をはずして、憮然《ぶぜん》とした横顔を見せた。

「小梶さんはなにを悩んでいたのです？」

「知らないわ、そんなこと」

「そんな感じはしたんでしょう？」

「そうかって、あたしの方からききもしないもの……」

「悩みの原因の輪郭ぐらいは察しがついたでしょう。あんたの想像でもいい」

「そうね。恋の悩みかもしれなかったわね」

志津は投げやりに、吐息まじりで言った。しかし、志津には決してふざけている様子はなかった。それは、恋に苦悩する男の慰みものになっていた女の強がり、とも受け取れた。

「五十にもなった男が、恋の苦悩ね」

志津が本気でそう想像していたとしても、新田にはあまり期待がなかった。

「あり得ないことはないわ」

「小梶さんには、あんたっていう人がいたんだ」

「あたしだからわかるのよ。あたしを抱いたあとの小梶さんの顔……。急に老《ふ》け込んだようになって、電灯をみつめている。望みのない恋に苦しんで代わりの女を抱いたとき、男ってあんな虚《うつろ》な顔になるものよ」

志津は小さく笑った。小梶を笑ったようでもあり、自嘲のようでもある。

「でも、これは想像。事実はお金のことでも心配していたのかもしれないわ。女って、ドラマ的に解釈したがるからね」

小梶はたぶん、例の機構改革に伴う転勤問題を苦にしていたのだろう、と新田は思った。志津の想像は、彼女の言うとおりドラマチックな解釈に違いなかった。

「だけど、小梶さんて……かわいそうな人だったわ」

志津はサンダルばきの足を、雑草の中で踏みかえた。草には夜露に濡れたような艶《つや》があった。新田は肩のあたりが湿っていることに気がついた。

「かわいそうというのは……？」

と、新田は肩をつぼめた。

「家庭的にも、友人関係なんかにも、あまり恵まれていないのよ。小梶さんとしっくり行ってるのは、鮎子っていう娘さんだけでしょうね」

「長男も行方不明なんだそうですね？」

「行先はわかってるのよ。家出して東京にいるらしいわ。ただ、息子さんの方は小梶さんを嫌って家に寄りつかない。小梶さんも強《し》いて帰って来いとは言わないだけよ」

「長女は最近結婚したんだそうだけど？」

「結婚ね……」

志津は唇の隅を歪《ゆが》めた。唇の切れ目がはね上がっているのが、この女の鼻っぱしの強さを示していた。

「確か先々月だったわね、美子《よしこ》さんが結婚したの。美子っていうのよ、小梶さんの長女。でもね、あれ結婚って言えるかな。家出の手段みたいなもんじゃない？」

「長女も家を出たがっていたんですか？」

「小梶さんとうまく行かなかったからね。だから美子さん、小田原の喫茶店で知り合った化粧品の外交員と駆落ち同然に東京へ逃げてって結婚したのよ」

長男も長女も小梶と折りあいが悪く、家を出たという。父と子が妥協できなかった理由があるに違いない。小梶の方も、去って行く子供たちを黙って見送ったらしい。親子の間はかなり険悪だったと思われる。もし、子供たちの気持から父親に対する情愛が消えていたとするならば、保険金欲しさに子が親を殺すことはあり得ないという倫理観は、考慮外に置いていい。問題はその不和の原因と程度だった。

「複雑な家庭の事情でもあったのかな？」

新田は探りを入れた。

「そうなのよ」

あっさりと志津は答えた。

「どういう?」

「母親のことね、結局は」

「小梶さんの奥さんは、死んだんでしたね」

「二度目の奥さんはね」

「二度目?」

「五年ぐらい前だったかしら、亡くなったのは。あたし、うろ覚えだけど、口数が少なくてお人形みたいにおとなしい、自分の意志なんて持たないような人だったわ。だけど、すごい美人、というより官能的な人ってのかな。ほっそりしているのに色っぽいの。男だったら力一杯抱きしめてみたくなるような感じの人……」

「あんた、どうして小梶さんの死んだ奥さんを知ってるんです?」

「あたし、前は小田原の小梶さんの家の近所に住んでいたんだもの。あたしがこの真鶴に店を持ってから、小梶さんが来るようになったのも、そんな関係でよ」

志津の舌はいよいよなめらかになった。いつのまにか、彼女は崖下へ背を向けて新田と相対していた。

新田は、志津の背後に余裕を作るために、二歩三歩あとずさった。

小梶が二度妻を失っていたとは考えてもみなかった。調査結果の回覧用紙にも、『家族は妻は死亡、長女は四月二十日に結婚、長男は居所不明、次女は同じく全通に勤務』とあっただけである。

この死亡した妻とは再婚であり、家庭内に複雑な軋轢《あつれき》がある、とは嗅ぎとれるはずがなかった。だが、小梶の家庭が決して平和ではなかったということは、非常に重要な点だと新田は思った。

生命保険金の詐取と乱脈な家庭——この二つの円周には、かならず接点があるものだ。今日までの新田の経験からも、それは断言できることだった。数多くの保険事故を調査したが、保険金詐取の場合は言い合わせたように、円満にはほど遠い家庭に起きた事件だった。

新田は一つの糸口をつかめたような気がした。志津のような立場から眺めた小梶の家庭内を、知っておく必要も十分にあった。

「だいぶ湿って来たな……」

組んだ腕を解いて、新田は髪の毛に手を当てた。

「もう少し話を聞きたいんですがね。どうもここじゃあ……」

「そうね、立ち話も疲れるわ。あたし、すぐ足にむくみが来るの」

この場には無関係なことを呟いて、志津は腰を折ると脚のふくらはぎを手で揉《も》んだ。

「車は帰した方がいいかな？」

「そうよ。二級国道下田《しもだ》小田原線を下ると真鶴中学校でしょう。トンネルをくぐって東海道線の向こう側へ出れば、もう街《まち》だもの」

「どこかへ案内してくれますか？」

「よかったら、あたしのお店へ来ない？　今夜は臨時休業、だれもいないわ。もっとも店を開いてても、こんな時間じゃあお客なんて来ないけどさ」

と、志津は歯を覗かせた。それから彼女は、黒い海の方へ一瞥《いちべつ》を与えると少女の仕種《しぐさ》のように闇に向かって手を振った。小梶に決別を告げたつもりらしい。

「さ、行こう」

振り返った志津は屈託なさそうに、さっさと崖の上を離れた。だが、軽く髪の毛をたくし上げた志津の短い動作に、新田は心もとないという印象を受けた。

新田は志津に従った。彼特有のだるそうな歩き方だった。

志津の肩が新田の腕に触れた。その肌の温かみに、新田は生前の小梶を意識した。小梶の親戚の者かときかれて、くすぐったくなると言った志津の気持がわかるような気がした。

ハイヤーのヘッドライトが、林の中を白く染めていた。靄《もや》が流れ始めているようであった。

2

真鶴駅前で大の字に道が分かれていた。もう真鶴に停車する列車がない時間なのか、駅の構内は閑散としていた。もちろん、灯をつけている店もなく、小さな商店街は暗い道だけになっていた。

新田は深夜の街角に立っているような気がした。冬でもないのに、身体の周囲に寒さがあるようだった。空間が多すぎるせいだろうか。地上に街があるという感じがしなかった。東京の繁華街《はんかがい》では、そろそろ盛りを越えるという時間だろう。その東京へ九十三・一キロの地点にいるとは思えない。新田は、この街の夜に違和《いわ》感を覚えた。

「この道を行くと、役場、警察なんかがあって港へ出るの。その先が真鶴岬よ」

大の字の左側の軸になる道を指さして、志津が説明してくれた。だが、その説明を確かめるにも新田の目には、一枚の黒い幕が映るだけだった。

志津の店は、商店街のはずれにあった。通りから引っ込んだ路地の右側で、傾きかけた二階家と新築らしい牛乳屋にはさまれていた。

「ここよ」

最初志津にそう言われた時、新田は視線の向けどころにまよった。バーらしい店が見当たらなかったのである。

だが、志津は新田の思惑《おもわく》には気をとめないようであった。ガラス戸をあけると、彼女は床板にサンダルを鳴らして店の中へはいって行った。

それは一杯飲み屋のような、小さな酒場であった。カウンターの前に丸椅子が並び、壁には『おでん』『やきとり』『冷ややっこ』などと、何年越し貼ってあるのかわからないような貼り紙がしてある。土地の男たちが、気楽な憩《いこ》い場所として集まってくる飲み屋なのだ。志津も勘定のツケは承知するが、気が向かなければ早々に客を追っ払って閉店する、そんな店に違いなかった。

店先の古ぼけた赤提灯《あかぢょうちん》には『バー・志津』と書いてある。バーと呼ぶのは当然なのかもしれなかった。

「飲む?」

志津はカウンターの下から一升びんをかかえ出しながら、上目《うわめ》使いに新田を見た。

「そうね……」

新田はどっちにでも取れるような返事をした。電灯の下で見ると、志津の顔にはやはり張りがあった。

小皺《こじわ》が多かった。しかし、醜い女ではなかった。苦労したのだろうが、澄んだ双眸《そうぼう》には

「洋酒がいい？　ウィスキーもあるわよ」

「いや、酒でいいな」

結局は飲まざるを得ない恰好になった。新田は丸椅子を引き寄せてすわった。カウンターの縁には、まるで模様ででもあるようにたばこの焼け焦げがついていた。酔った客が吸いさしのたばこを、ここへ置くからだった。

この焦げ跡の一つに小梶が残したものはないだろうか、と新田は瞬間的につまらないことを考えていた。

コップに注いだ冷や酒を一息にあおって、

「どうせ今夜は、ヤケ酒を飲むつもりだったんだ」

と、志津は言いわけのように付け加えた。

「小梶氏の死んだことが、こたえたかな」

新田はコップに盛り上がった酒の表面をみつめた。彼は意識して、言葉使いを粗略にしていた。さし向かいで酒を飲む女に、改まった口のきき方をすることが面倒になったのだ。

「そりゃあショックよ。いくら三十女でも……女ってものはね、ただの仲じゃなかった男

と死に別れするってことは辛《つら》いのよ」

志津は赤くなった唇をなめた。どうやら酒に強い方ではないらしい。酔わないうちに肝《かん》心《じん》な話を聞き出さなければならない、と新田は思った。

「さっきの話の続きだがね……」

おしるしに、新田はコップの酒に口をつけた。

「小梶氏の最初の奥さんは、どうしたんだろう？」

「今の言葉で言えば協議離婚、昔で言えば離縁、つまり追ん出されたのよ」

「なぜ？」

「なぜって……夫婦の間がうまく行かなかったからでしょ。そこへ、二度目の奥さんが小梶さんの前に現われた。小梶さんの言を借りれば、初めて、そして真剣に二度目の奥さんを愛したらしいわ」

「いったい、いつごろのことなんだろうね？」

「かれこれ二十年前じゃないかしら……。確か小梶さんが二度目の奥さんと結婚したのが、太平洋戦争が始まった昭和十六年十二月八日の前日だったって話を聞いたことがあるからね」

「二十年か……」

新田は目を上げた。小梶鮎子は、自分は十九歳だと列車の中で車掌に告げていた。すると、鮎子は小梶が再婚してからの子供ということになる。

「じゃあ、鮎子という次女だけが、二度目の奥さんとの間に生まれた子供なんだね」

「それ、それなのよ。鮎子さんも姉さんや兄さんの手前、ずいぶん気を使ったらしいけど」

「しかし、ちょっと日が合わない。小梶氏が再婚したのが昭和十六年十二月だったとすると、二度目の奥さんとの間にすぐ子供ができたとしても生まれるのは十七年の夏を過ぎてからだろう。今年の六月に鮎子が十九歳になっているのは、おかしい……」

「何を言ってるんだろう」

志津は手の甲で唇を拭《ぬぐ》いながら笑った。

「若いくせに気がまわらないのね。子供ってものはね、両親が結婚してから十月《とつき》十日たたなければ生まれないとは限らないのよ」

「………」

「まだわからない？　小梶さんと二度目の奥さんとは恋愛結婚だったのよ。小梶さんはもう気違いのように夢中だったのよ。結婚する日まで、二人の仲がきれいだったと言いきれる？」

「結婚した時は、すでに妊娠していたってわけか……」

新田は無感動な面持《おもも》ちで、低く言った。

「そうよ。小梶さんの方だって、前の奥さんとの仲がおもしろくなかったんだし、当然好きな人と一緒に明日を忘れようとしたでしょ」

半ば怒ったような志津の口ぶりだった。

「ところが前の奥さんとの間だって、そう簡単には清算できない。ゴタゴタが続いているうちに、好きな人が妊娠しちゃった。それで前の奥さんも諦《あきら》めをつけたっていうわけよ。でも、子供ができているんだからグズグズしてはいられないって、二度目の奥さんとの結婚を急いだらしいわ。昔は私生児だなんて面倒になるからでしょ。それで、鮎子さんが生まれたのは、結婚した翌年の寒い時分だったそうよ」

「そうとう強引《ごういん》に事を運んだらしいね」

「最近の小梶さんを想像するとおかしいけど……二十年前の小梶さんはまだ三十、ちょうどあなたぐらいじゃない？　そのくらいの情熱はあったはずよ」

志津はコップに一升びんを傾けた。もう手もとが怪しくなっている。酒がコップをはずれて、カウンターに散った。

確かに小梶の過去にそんなことがあっても不思議ではない。妻以外に愛人ができて、その女と再婚しようという自分の人生に対する忠実さを、三十歳の男が持ち合わせていても不自然ではないのだ。女が妊娠していればなおさらである。結婚後数ヵ月で子供が生まれるという例は世間に幾らでもあるのだ。戦前は妊娠しなければ妻の籍を入れなかった家もあったくらいだから、結婚と子の出生の時期の矛盾などに気を使う必要がなかっただろう。

結婚前だからと言って避妊したり、妊娠中絶させたりする男よりも、三十歳の小梶の考え方は純粋だったとも言えた。小梶は、二度目の妻のためには犠牲を厭《いと》わなかったほど、燃えていたに違いない。

志津はそれを『情熱』と表現した。なるほど、その当時の小梶は今の新田と同年輩だった。しかし、おれにはそんな情熱はない――と、新田は頭の芯《しん》に冷ややかなものを感ずる。新田はそうであることを誇りにしているわけではない。むしろ、そうできないことを空《むな》しく思った。彼は三年前のあの傷痕へ、逆行しようとする思索を押さえた。

「二度目の奥さんが、小田原幸町の小梶さんの家へ姿を現わしたときには、もうお腹《なか》の大きいのが目立ったらしいけど、近所の人たちもあまり変な目で見なかったようね。前の奥さんがとても評判悪かったし……二度目の奥さんは、まるでお人形でしょ」

「長男と長女は、その前の奥さんが残して行った子供か……」

「長女の美子《よしこ》と長男の裕一郎《ゆういちろう》が、前の奥さん妙子《たえこ》との間にできた子。次女の鮎子が二度目の奥さん水江《みずえ》との間の子。こういうわけね」

「美子や裕一郎は継母であることを知っていたんだろうか、以前から」

「美子は知ってたでしょう。小梶さんが再婚した時五つか六つだったもの。裕一郎の方は三つぐらいだったんでしょうから、はっきりは覚えてないわね。でも、どっちにしても、二人は水江さんが継母だってことを知っていたわ。そのこと自体は問題じゃないのよ。水江さんも、二人には特によくしてやったんだから」

「小梶氏と美子、裕一郎の間がまずくなったのは、いつごろから？」

「つい最近のようね」

「直接の原因は？」

「水江さんが生きているうちは、だれも再婚当時の経緯《いきさつ》を口にしなかったわ。だけど、水江さんが亡くなってまもなくすると、だれかがそれとなく美子や裕一郎の耳に、そのときの騒ぎを吹き込み始めたのよ。また二人の齢《とし》もいけなかったのね。大人になりかけのころじゃない？　本当の母親を探そうっていうんで、姉弟が探したらしいの。でも、突きとめてみると妙子さんは戦時中に死んでいることがわかったのよ。これもまたいけなかった。自分たちの母親を追い出したのは、父親だ。母親を殺したのは小梶さんだ、ということになってね。鮎子さんに辛く当ったらしいわ。小梶さんは鮎子さんを庇《かば》うより仕方がないでしょ。そうすればまた、小梶さんと美子や裕一郎の間の溝《みぞ》が深くなる。こんなことを繰り返しているうちに、裕一郎がまず家を飛び出して、それから美子が家出同然の結婚をしたってわけ」

志津は罐から掌《て》へピーナッツをこぼして、それを口の中へ放り込むとクシャクシャやり出した。

どうやら志津は、美子や裕一郎に対して好感情を抱いてないらしい。小梶と鮎子には『さん』つけだが、美子と裕一郎は呼びつけである。これは、志津の気持が小梶の側《がわ》にあるからだろうか。

「というと、美子か裕一郎が小梶氏に憎悪《ぞうお》のような感情を持っていたと考えて……いいかな？」

「そうでしょうね。絶縁状をたたきつけたくらいだから。殺してやりたいと思ったかもしれないな」

殺す——という言葉は、酔いが吐かせたのだろうが、志津は小梶親子間の悶着《もんちゃく》の深刻さをみとめたようだった。

すると、これに保険金という副産物を絡《から》ませれば、美子や裕一郎の小梶に対する殺意もあながち否定できなくなる。子供たちからの申し出ならば、その口実しだいで、小梶はどこへでも呼び出されたに違いない。あんな崖の上に立たされても、小梶は突き落とされる瞬間まで、なんの不審も感じなかっただろう。

「とにかく、あの二人の子供たちは冷淡よ」

喉を鳴らして、志津は三杯目をほした。

「冷淡を通り越して冷酷だわ。夕方にあたし小田原まで行って、小梶さんの家《うち》覗いて来たのよ。鮎子さんが窶《やつ》れた顔をして、たった一人ポツンといるだけ。美子も裕一郎も来てないのよ」

「連絡がとれてないんだろう」

「美子には鮎子さんが連絡したそうよ。裕一郎はつかまらなかったらしいけど。でも、新聞見ればわかるじゃない？　事情はどうあろうと、かりにも自分たちの父親が死んだのよ」

「葬式はどうなるんだろう？」

「解剖やらそのほかの手続きなんかで、今日明日にはできないっていう話よ。変死したんだし、型《かた》どおりにやる必要もないだろうから、四、五日余裕を見て告別式をするって、鮎子さん言ってたわ」

おもしろくないというように、志津はいきなりコップを店の外へ投げつけた。道路でガラスが砕ける音がした。

身近な人間の急死、それに酒の酔いが志津を興奮させたのだろう。

新田は、眠っているように動かなかった。志津が新しいコップを取り出し、それに酒を注ぎおえるのを待って、新田は抑揚のない声で言った。

「あんた、小梶氏の保険のことを知ってますか？」

「知ってるわよ。だけど、それがどうしたっていうのさ！」

志津は充血した目を剝《む》いた。その頰の色は青白く変わっていた。

「ふん。殺されたにしろなんにしろ、一人の人間が死んだには違いないんだ。なにさ、保険、保険ってしかめっ面《つら》して」

「あんたはどうして小梶氏の保険のことを知ったんだ？」

新田は志津の悪態を無視するように、高圧的に質問を押しつけた。

「小梶さんが得意そうに教えてくれたのよ」

「美子や裕一郎も、小梶氏の保険のことを知っているかな？」

「さあね。美子は知ってるかもしれないね。鮎子さんを保険金の受取人にしたって、怒っていたそうだから」

「だいぶご機嫌斜《なな》めのようだな」

新田は、この時を待っていたように立ち上がった。

「そうよ。人が死んで喜ぶ奴があるかい。小梶さん……あの男、いい人だった。一本気で情熱的で、そのくせ意志も弱いし気も小さい、五十にもなったのに甘ちゃんで……。それなのにこのあたしを振りゃあがって！」

「ほう。小梶氏はあんたを捨てたのか？」

「捨てたんじゃない。ただ来なくなっただけ。四月の半《なか》ばごろからパッタリ来なくなっただけ……。それから一、二度会ったけど……。それっきり死んじゃった……」

志津はカウンターに顔を伏せた。

新田はかすかに震《ふる》えている志津の髪を見おろした。どうやら、これ以上、ここにいることはむだのようであった。この女にももう用はない、と新田は思った。

志津は小梶の保険金には無関係と判断してよかった。保険金受取人である鮎子と強い繋《つな》がりがない限り、小梶の死によって志津が潤《うるお》うことはなさそうである。小梶はやもめ男の無聊《ぶりょう》さを、志津によってまぎらわせていたに違いない。志津は行きずりに接した赤の他人にすぎないのだ。小梶の保険金に利害関係はないはずだった。

「じゃあ、帰ります」

ぼそっとした言葉をこぼして、新田は丸椅子をまたいだ。

「待って！」

顔を上げた志津が、新田の手首をつかんだ。

「行かないでよ」

「どうして……？」

「朝まで付き合って。ね、ここで一緒に飲んでいてくれるだけでいいんだから」

「しかし、もう用は終わったんだ」

「もっと話すわ」

「聞くだけのことは聞いた」

「そんなこと言わないで。ねえ、あなたの質問に全部答えたじゃないの」

「お礼はする」

「ねえ、お願い！」

「またにするよ」

縋《すが》ってくる志津の手を、新田は振りほどいた。

「待って！」

哀願するような志津の顔の前に千円札を一枚置くと、新田は大股に痩身《そうしん》を店の外へ運んだ。後ろに志津が動く気配はなかった。

通りへ出ると、夜は青白さを増していた。路上も空も同じ色である。さすがに夜気が冷たかった。軒の低い家並が続き、それは海へ向かって屋根屋根の斜面を作っているようだった。漁師たちもまだ朝を迎えていないのだろう。漁港のあたりも暗かった。

新田は通りのまん中を歩いた。東海道線に沿ったこの道路だけは、場違いのように立派だった。

無人の街を行くのは爽快《そうかい》だった。山頂を一人できわめたような優越感と似ていた。一人になった時の彼には孤独感がなかった。彼は、この道をいつまでも歩き続けたいという気になった。

志津が寂しい境遇にある女だということは、新田も推察できた。おそらく、彼女の過去にその原因があったのだろう。志津が人間を求めていることもわかる。だから、小梶とも結びついたのだ。

しかし、新田は志津の過去の話など聞きたくもなかった。以前、新田自身がだれかに話して聞かせたくて仕方がなかったような話を、志津の口から聞くようなものである。

志津はまだ孤独に足掻《あが》いている。それで一人きりになるのを恐れ、慰めの相手を欲するのだ。だが、その時期を過ぎれば、やがて相手を厭《いと》うようになる。人と接することを嫌って、自分の殻に閉じこもる。自分だけの意欲のために動くようになる。

ちょうど今のおれのようにだ——と、新田は思う。そして同じく、小梶鮎子のようにである。

《小梶鮎子……》

鮎子の眼差《まなざ》しにある翳《かげ》が、新田と共通のものを感じさせるのだ。鮎子の過去には新田と同じような傷痕があり、彼女はその衝撃と後に来る孤独感に耐えきった女に違いない。

新田は、鮎子が小田原の自宅に一人ポツンといたという話を思い出した。彼は、朝早くにでも、鮎子を訪ねてみようかと思った。新田は鮎子と会うことだけが、少しも億劫《おっくう》でないのに気づいた。

歩きながら眠気《ねむけ》を覚える。明日の行動が決まり、それが期待を伴った計画だったからだろう。

新田は、今日初めてのたばこに火をつけた。夜のうちにだけ、たまにたばこをふかす彼だったが、今は特になんの蟠《わだかま》りもなくたばこを取り出せた。まるで親に隠れて喫煙を覚えた少年も同じである。人っ子一人いないこの場で、新田は胸を張って煙を吐いた。

夜よりも青い煙は耳もとをかすめて、後ろへ流れ去った。

3

小田原市の幸町付近の交差点は、行きかう車で賑わっていた。箱根湯本《はこねゆもと》方面へ通ずるひろい道路があるからだ。まだ正午までには三時間もあるというのに、東京方面から来る乗用車には若い男女がすし詰めに乗り込んでいた。ドライブ用の花やかな服装が、車の中に乱れている。中には、通行人に車の中から手を振って行く青年たちもある。カーブの地点では、かならず、わけのわからない嬌声《きょうせい》を残して、乗用車は走り去って行った。

このあたりの商店は、どれも間口《まぐち》が広く、重味のある店構えだった。小田原という城下町の伝統が、この街なりの老舗《しにせ》を作っているのだろう。瓦葺《かわらぶき》の屋根が多いのも、土地に結びついた生活を思わせる。

やたらと多い『かまぼこ』の看板を目にしながら、新田は『幸文』といううなぎ料理屋の脇を左へはいった。

この横丁の両側はしもたやばかりで、小梶の家はちょうど『幸文』の裏手にあった。

鈍い陽光の日溜りの中で、この横丁は眠そうに静まりかえっている。小梶の家にも、死の騒ぎは残っていなかった。葬式を出せる段階ではないので、それは当然かもしれなかった。

それにしても、もう少し多くの人たちの出入りがあってもいいはずだった。報道関係者がこの家に集まって来たとしたら昨日あたりである。今日は神奈川県警が捜査本部を設置した真鶴署へ、大方《おおかた》の関心が移っている。被害者の知人関係を洗うために張り込み中の刑事なら、この付近にいるかもしれない。

しかし、被害者に個人的な繋りがある者ぐらいは、今日のこの家に顔を見せても不思議ではない。告別式がないといって訪れて来ないのだとすれば、あまりにも冷淡である。遺族のことも考えるだろう。たとえ遺体やお骨《こつ》が置いてなくても、全通の社員も来ている様子がないのは意外だった。

高い塀に囲まれているが、塀と母屋《おもや》の間に間隔がなかった。それが、いかにも街《まち》なかの住宅という感じだった。安っぽい造りではないが、おそらく庭などはないのだろう。

格子戸《こうしど》の門をあけると、目と鼻の先が玄関だった。玄関の戸が半開きになっている。そこから見えている沓脱《くつぬ》ぎには、やはり一足の靴もなかった。

小梶は友人関係にも恵まれていないと言った志津の言葉は、確かなようであった。

玄関の正面にある部屋の襖《ふすま》は取り払ってあって、代わりに古ぼけて褐色に色変わりしたすだれがかかっていた。

「ごめんください」

新田が声をかけると、すだれの下に投げ出されてあった二本の脚が、慌《あわ》てたように引っ込んだ。

「はい？」

寝転《ねころ》んでいた女は、スカートの裾を押さえて起き上がった。その声は鮎子のものではなかった。

女は顔半分だけを覗かせた。髪の毛の黒さで、鮎子とは違うとわかった。

平凡な容貌の若い女だった。身体の肉づきにしまりがないせいか、大柄な模様のワンピースを着込んで横ずわりになった姿態が、だらしがない感じであった。

年恰好から考えて、美子ではないかと新田は直感した。昨日の夕方、志津がここへ来た時には美子はいなかったそうだが、昨夜のうちにでも東京から出向いて来たのだろう。

「鮎子さん、いらっしゃいますか？」

「おりませんけど、どなたです？」

美子らしい女は、目に警戒の色を見せた。気が立っているのに違いない。こんな場合には、どんな訪問客にも不安を感ずるものだ。

「協信生命の者なんですが……」

新田は名刺を上がり框《がまち》に置いた。彼の胸には軽い失望があった。鮎子がいないことで、ここへ出かけて来た気持の張りが萎《な》えて行くようだった。

「ああ、生命保険の人……」

女は不快な表情を露骨に示した。これで美子であることには間違いなかった。

「鮎子さんは、どちらへ？」

「真鶴警察へ行きましたよ。参考人としてね……」

鮎子が参考人として捜査本部へ呼ばれるのは、当然のことだった。小梶の身辺に最も詳しいのは鮎子だし、彼女は小梶が崖から突き落とされるのを目撃した者の一人でもある。

この場は、鮎子と会うことを諦めなければならなかった。だが、美子と顔を合わせることができたのは好都合だった。二、三、美子にきいてみたいこともある。

新田は上がり框に腰をおろした。それを美子は仏頂面《ぶっちょうづら》で眺めていた。新田を歓迎していないことはあきらかである。新田の方も、それは覚悟の上だった。

「失礼ですが、お姉さんの美子さんですね？」

「あたしに何の用があるんです？」

美子であることを認める代わりに、彼女はそう言った。

「お父さんの保険についてなんですが……」

「そんなもの、あたしとはなんの関係もありません」

もともと険のある目つきなのだろうが、それに敵意が加わったようである。

新田は、鮎子の深味のある瞳《ひとみ》を思った。腹違いの姉妹ではあっても、美子のそれとは大変な隔《へだた》りがある。

「関係がないとは言いきれないでしょう」

「どうしてです？　保険金の受取人は鮎子になっているんじゃないですか」

「しかし、鮎子さんだって、保険金を一人占めにする気はないでしょう。また、そうする必要もありませんしね」

「そうかしらね」

嘯《うそぶ》くように、美子は天井を見上げた。その太い左の二の腕に目立つ疱瘡《ほうそう》接種の跡を、新田は見やった。

「鮎子さんが受取人に指定されているからって、あくまでそれに固執するはずはありませんよ。あなたにしたって、保険金に関しては絶対に口出ししないという気持はないでしょう」

「そりゃあそうよ。父はあたしにとっても、父なんですからね。父の保険金をもらう権利は、法律上はともかく、あると思うわ」

「ということを、前からお考えでしたか？」

新田は、美子がそう答えるのを狙《ねら》っていたように訊《き》いた。

「漠然とは考えていましたよ。でも、父が亡くなるなんて予想もしなかったから……」

「あなたに弟さんがいらっしゃるそうですが？」

「裕一郎のことですか」

「その方も、お父さんの保険のことをご存知だったんですか」

「ええ、知ってました。あたしが教えたから……」

「いつごろです？」

「先月の末だったと思います」

「あなたは、どうしてそのことを弟さんに知らせたんですか？」

「父のやり方に憤慨しましたから。子供は三人いるんです。それなのに鮎子一人を保険金の受取人に指定するって法はないでしょ」

小梶に反抗した美子と裕一郎は、姉弟で結束していたのだろう。美子が東京へ出てからは、たまに顔を合わせて小梶や鮎子に対する憤懣《ふんまん》をブチ撒《ま》けていたとも考えられる。

小梶が保険金の受取人に鮎子を指定したことは、姉弟の憎悪をあおったに違いない。美子はさっそく、このことを裕一郎に連絡したのだ。

「かりに鮎子さんに、受け取った保険金をあなたがたに分配する気がなかったとしたら、あなた方はどうするつもりだったんです?」

新田は腰をよじって、上半身を美子に向けた。

「鮎子にこの家から出て行ってもらうつもりです」

美子は肩を聳《そび》やかした。小意地が悪そうに小鼻をふくらませている。

「もっとも、このことは保険金の分配をするしないにかかわらず、鮎子に言い渡します。この家はもともと、あたしの母方の者が買ったものです。それを父がただも同然の値段で譲ってもらったんです。鮎子にはこの家に住む権利がありませんからね」

美子は権利という言葉をよく使う。物質的には計算高い性格なのだろう。利害にかかわることとなると、冷静さを失うらしい。初対面の保険会社の調査員にまでも、自分の立場を主張する。新田はいささか面倒になった。

「そういう点には、保険会社としてはタッチする必要がありませんがね。どうやら、鮎子さんとあなた方は本当の姉妹ではないようですね?」

新田は柱に頭をもたせかけた。

美子の目が落ち着きを失った。いらぬことまで口にしたと気がついたようだ。だが、すぐ美子はふてくされたように肩先で笑った。

「どうせ鮎子が喋《しゃべ》るだろうから言うけど、鮎子は父が後妻《ごさい》に生ませた子ですよ。父は鮎子ばかりをかわいがってね。きっと鮎子がその後妻にそっくりだからなんでしょう。あたしや裕一郎は長い間我慢して来たんです」

「後妻と言われますが、あなた方にとっては育ての親だったんでしょう」

「そりゃあね。継子いじめされた覚えはないけど、その後妻があたしたちの母を追い出したんだと聞いちゃあね、憎いですよ」

美子は、横ずわりを崩して膝を立てた。スカートの中の下着が新田の目に触れる。しかし、そんなことに美子は無頓着《むとんじゃく》のようであった。新婚早々の新妻らしい瑞々《みずみず》しさは少しもない。女であることを忘れた女だった。

「二、三、質問したいんですがね」

新田は猫背気味の背中で言った。

「保険会社は保険金を支払うのに、いちいち刑事みたいに調べるんですか?」

甲高《かんだか》い美子の声が返って来た。

「お父さんの死に方は、まともではなかったんですからね。あなた方に保険金をお渡しするためには仕方がないことです」

「あたしたちではなく、鮎子に質問したらどうです?」

「奥さん、考えてごらんなさいよ。何度も言うように鮎子さんが保険金を受け取れば、奥さんの手もとも潤《うるお》うんじゃないですか」

格子戸の外に立ちどまっている赤犬に話しかけるように、新田は言った。

美子は沈黙していた。質問を受けることを容認したようである。

筋向かいの家の塀が鉛色に変わった。日がかげったらしい。格子戸の外で、赤犬が尾を振っている。新田は赤犬の鼻をみつめながら、ゆっくりと口を開いた。

「結婚されたそうですが、ご主人はどちらへお勤めです？」

「結婚だなんて……」

美子は苦笑したようだった。

「父と鮎子が勤めていて、あたしは女中代わりみたいなものだったんだけど、そんな生活に耐えきれなくなって、身体一つで飛び出したんだわ。父は鏡台一つ買ってもくれませんでした」

まだ美子は小梶と鮎子に対する非難を続けようとする。新田は美子の口を封ずるように、もう一度同じ質問を繰り返した。

「ご主人のお勤めは？」

「ビューティ化粧品本舗《けしょうひんほんぽ》です」

「いかがです、景気の方は？」

「どうせ三流化粧品会社ですからね」

そうだろうと、新田は思った。ビューティ化粧品本舗など、聞いたこともない化粧品会社である。美子夫婦の生活があまり豊かでないことは、美子の服装やその態度のトゲトゲしさからでもわかった。

「弟さんがお見えにならないのはどういうわけです？」

「裕一郎は忙しいし、きっと地方へ出かけているんで、父の不幸を知らないんでしょ」

「ほう。弟さんのご商売は？」

「友だち二、三人と共同でプロダクションを持っているんです。というと偉そうだけど、名もないテレビタレントを十人ばかりかかえて、いつもピーピーしてますよ」

「何というプロダクションなんです？」

「東都新星《とうとしんせい》プロっていうんです」

これも聞き覚えない名称だった。こういう群小プロがあるということだけは、新田も知っている。知合いのテレビのプロデューサーから聞いた話だった。

もちろん名のある俳優とは契約することができない。俳優志望の男女をかき集め、伝手《つて》を求めてテレビ会社に売り込むのだ。採用されても、いわゆるガヤというその他大勢の口である。金は思うようにはいらない、ということになって、中には少ない俳優たちのギャラを持ち逃げしてプロダクションを解散するような、あくどい例もあるそうだ。そしてまた、しばらく期間を置いてから、名称を変えたプロダクションを設立するということである。

二十二、三の裕一郎がやっているくらいだから、この東都新星プロもそんな類《たぐい》ではないか、と新田は考えた。すると、この裕一郎も、まったく大金に執着がなかったわけではないと結論していいはずである。

「弟さんの旅行は珍しいことじゃないんですか？」

「さあ、よくは知りませんけど。たまに地方で仕事が見つかって、タレントと一緒に出かけることがあるらしいですね」

「弟さんはもちろん、まだ独身でしょうね？」

「結婚はまだでしょうけど、若い女の子と同棲してますよ」

裕一郎は女優志望の若い女でも手なずけたに違いなかった。それにしても、女と同棲しているからには彼にも生活があるだろう。生活に苦しければ、せっぱつまった気持に追い込まれることがある。

美子と裕一郎は、ともに、保険金詐取のために小梶殺しをもくろんだ者の範疇に入れるべきだった。美子の夫、裕一郎と同棲している女、この両者にも疑惑の目を向けなければならない。それぞれ、美子か裕一郎の犯行に協力しているかもしれないのだ。

四人共犯ということは、まず考えなくてもいいことだった。小梶を崖の上から突き落とすことだけに、何人もの人手は不要である。別の場所で小梶を殺し、運んだ死体をあの崖の上から投げ落としたのだとすれば、数人の協力者を必要としただろう。だが、警察があの場所で即死したと断定しているのだから、推定死亡時やその他の科学的な裏付けが、小梶が例の崖から落ちて死んだことを証明しているに違いない。

いずれにしても、美子とその夫、裕一郎とその愛人、この四名のアリバイは重要であった。

新田は振り向きながら立ち上がった。

美子は両腕でかかえた膝に顎《あご》を埋めていた。老《お》いてもなお貪欲な猫のような目で、新田を見ている。

「どうも失礼しました」

新田は背広の上着を肩に担《かつ》いだ。

「保険金のこと、どうぞよろしくね」

そのままの姿勢で、美子は言った。どういうつもりで美子がそんなことを言ったのか、新田は胸の中で苦笑した。最初美子は、保険には無関係だと言い、やがて鮎子には一人占めさせないと言い、そして今は保険金支払いについてはよろしく頼むと言う。金に対する執着が、美子の気持の推移に常に起伏を与えるのかもしれない。それとも、言動に一定した統制がないのは、犯罪者特有の心理だという見方を当てはめるべきなのだろうか。新田は頭を下げるような挨拶はせずに、外へ出た。格子戸をしめたとたんに、美子がふたたび寝転がるのを見た。

新田は通りへ出てすぐタクシーを拾った。箱根湯本の旅館から小田原駅へ客を運んで来た車であるらしく、『箱根観光タクシー』という文字が車体にあった。

「真鶴へ行ってくれないか」

だいぶ傷《いた》んでいるシートに腰を落ち着けると、新田は運転手に命じた。運転手はわずかに頭を動かしただけだった。

小田原市内を海岸沿いに抜けると、左手の視界は、茫洋《ぼうよう》とした太平洋の海面で占められた。海は青くなかった。薄曇りの天候だからだ。波頭も白いひらめきを見せずに、雲母《うんも》を浮かべているように鈍い光線を反射させていた。

片浦橋《かたうらばし》のトンネルから、真鶴有料道路へはいった。右は直立した山肌で、左は波音が耳もとで響くほど海が迫っている。真鶴道路はその間を縫って曲がりくねる。振り返ると、入江の向こうに通って来たカーブがあった。

この道は延長六・五キロある。幅七・五メートルの完全舗装だった。小さな岬がいくつも突出《とっしゅつ》していて、はるか向こうに真鶴半島が見えた。真鶴半島に盛り上がった樹林のあたりは、靄《もや》に霞《かす》んでいた。

観光バスをいく台か追い越してタクシーは根府川の浜、江の浦を通過した。屏風岩《びょうぶいわ》トンネルを出ると、真鶴半島がにわかに大きく目に映ずる。このあたりから、右側に東海道線の線路が見え隠れし始めた。

真鶴半島の岬に砕ける波濤《はとう》が、白い花を咲かせている。その手前の湾曲に漁港があるのだ。道路は一つの岬を大きく迂回《うかい》してから、東海道線に並行して直線コースへはいった。もう真鶴町だった。

新田は右側の窓に目を凝らした。東海道線の向こう側に崖が見えた。線路を急カーブさせている崖の、せり出した一角が、小梶が突き落とされた地点だった。昨夜は新田があの崖の上に立ったのである。

今日は逆の方向から、あの崖を眺めている。新田は、崖の上に今も自分自身と志津が並んでたたずんでいるような気が、ふとした。もちろん、崖の上に人影があるはずはなかった。

まもなく真鶴駅前の、大の字の交差点へ出た。ここも昨夜、志津と二人で歩いた道であった。だが、昨夜のような静寂はなかった。昨夜のこことは違う場所のように思えた。雑踏はなかったが、昼間のこの街にはささやかな活気があった。地方の小さな町らしく、控えめな賑わいと落ち着いた生活とが、風景をあかるくしていた。

「真鶴のどちらです？」

運転手は交差点で車をとめた。

「真鶴警察へ行きたいんだが……」

「警察ですね。このあたりの道は交通量が少ないんで助かりますよ」

と、運転手はハンドルを左へ切った。道幅はあまり広くないゆるやかな坂を、車は静かに下った。

「岬のキャンプ場に、ミゼットハウスってやつを建てているそうですが、どうも観光客が押しかけるってことはないらしいですね。岬には大自然林があって、夕方になると人影もないっていう話ですよ」

運転手は勝手にしゃべっていた。新田は目だけを道の両側に動かした。店頭にあざやかな黄色を積み上げている店が多かった。この地方の名物である夏ミカンだった。

車は斜《なな》め右の砂利道へそれて、すぐとまった。『警察前』というバスの停留所の標識が立っている。左側に小さな木造の建物があった。それが、真鶴警察署のようである。

新田は金を払って車を降りた。車が残して行った土煙の消えるのを待って、新田は、真鶴警察署を仰いだ。山間にある小さな小学校のような建物で、塗装の色も褪《あ》せている。入口の前には、二台の車と数台の単車が並んでいた。ここに捜査本部が設けられたからで、ふだんは車がとめてあるようなことはないのだろう。この建物の中に鮎子がいるはずだった。しかし、新田は、鮎子に会うことだけが目的でここへ来たわけではない。保険調査員の常道だが、同じ事件にたずさわっている警察へ顔を出して、捜査の進展を知っておかなければならないのだ。

新田は建物の中へはいった。正面の壁に『報道関係者控室』と書いた貼り紙がしてあって、左へ矢印が向いていた。新田は右側の廊下を覗いてみた。一つの部屋の前に制服警官が立っている。新田はその警官に近づいた。

横目で部屋のドアの方を窺《うかが》うと、『全通課長殺し捜査本部』の貼り紙が見えて、その脇に『本部員以外の出入厳禁』としてあった。

若い制服警官が機械人形のように、首だけを新田の方へねじ向けた。

「捜査本部の高良井《たからい》さんに会いたいんですが……協信生命の新田です」

新田は、全通会館へ銀座カトレヤの靴ベラのことで調べにきた神奈川県警の刑事の名前を口にした。居ないかもしれないという不安はあった。だが、居さえすればかならず面会に応ずるはずだった。これまでの新田の経験である。出発点は違っても目的は一つなのだ。さしつかえのない程度に情報交換をするのは、たがいに損をすることではなかった。

警官は無言で新田の全身を眺めまわしてから、後ろ手にドアをあけて、顔だけを部屋の中へ入れた。

警官がもとの姿勢にかえるのと同時に、勢いよく高良井刑事が部屋から出て来た。

「やあ」

刑事は油っ気のない髪の毛を手ではね上げて、人なつっこい微笑を浮かべた。

「いかがです、その後は？」

廊下の椅子を新田にすすめて、刑事は自分もドスンと腰を落とした。

「いや、ぼくの方はただ保険金受取人が犯人であるかないかを確認すればいいんですから……」

新田は暗い廊下に射《さ》し込む窓の光を、眩《まぶ》しそうに見上げた。

「その点はね――」

刑事は糊《のり》のきいていないワイシャツの袖をたくし上げた。

「問題ないと思いますよ。保険金の受取人は被害者の次女でしょう？」

「ええ」

「小梶鮎子ねえ。今、主任が参考事情を訊《き》いている最中ですがね。あの娘は犯行には無関係でしょう。被害者が崖の上から突き落とされたとき、彼女は進行中の列車の中にいたことがはっきりしているんですから。しかも、あの娘は――」

「目撃者の一人だったんでしょう。知ってます。実はぼくもその列車に乗り合わせていたので……」

「へえ、そりゃあまたおもしろいめぐり合わせですな。しかし、それならなおさら、はっきりしているじゃないですか。保険金支払いに支障はないでしょう？」

「それがどうも、いわくつきの契約でしてね。犯人の確定がないと……」

「うーん……」

刑事はたばこをくわえて壁によりかかった。

「ところで、例のカトレヤの靴ベラはどうなりました？」

新田は靴の先で、カトレヤ、と床に字を書きながら訊《き》いた。

刑事は黙って、壁に押しつけた頭をゴリゴリと左右に動かした。あの靴ベラからは、成果が得られなかったようだ。

「捜査本部の方針はどうなんです？」

新田は話題を変えた。

「つまり、被害者の肉親やその関係者たちを洗うといったことは……？」

美子とその夫、裕一郎とその愛人のことを、新田は指《さ》したつもりだった。

「そりゃあ当然調べますよ」

刑事は横目で笑った。素人《しろうと》の考えるようなことは警察はとっくにすませているとその笑いが言っていた。

「被害者の家は家庭事情が複雑でね。親子喧嘩《げんか》が絶えなかったという点から、肉親のアリバイを重点に調べたんです」

「それで、結果は？」

新田は期待を持った。この四人に関しては新田も疑惑を感じていたからだ。だが、高良井刑事はあっさりと答えた。

「白です。一人だけまだ結論が出てませんがね」

「アリバイは確実なんですか？」

「まず、長女の美子ですがね。一昨日、つまり六月十日の午後三時から七時まで、東京デパートの荷造の発送係でパートタイマーとして働いています。これは約十五名の同係員たちが認めておりますから間違いないでしょう。美子は、同日午後六時五十五分ごろ発生した事件には関係なしです」

午後三時から七時まで渋谷《しぶや》の東京デパートにいた美子が、六時五十五分ごろ真鶴駅付近の崖の上に現われることは、絶対に不可能である。まず美子は、容疑圏外に置かなければならなかった。

新田は脳裏にある美子の名前に×印をつけた。

「美子の夫は、どうだったでしょう？」

「これも念のために洗いました。柏木洋介《かしわぎようすけ》という化粧品のセールスマンですが、柏木は十日午後七時から、勤務先のビューティ化粧品本舗の会議室で開かれたセールス技術の講習会に出席しています。講習に出席した同僚たちが証言してますから確実です。六時五十五分ごろに真鶴付近、七時に東京、ということはあり得ない点で柏木のアリバイは成立するわけです」

新田は、美子の夫も消しながら言った。

「長男は旅行中だったという話を聞いたんですが、本当なんですか？」

「ええ。関西のテレビ会社へ俳優と一緒に行っているそうですよ。五日ほど前かららしいですがね。一応電話連絡だけで十日の行動を確認してあるんですが、裕一郎当人からは先刻すぐ帰郷すると知らせがありました。周囲の人間の話だと、彼もまあ白ですね」

「裕一郎と同棲している女がいたでしょう」

「ええ。少し頭がおかしいんじゃないか、と思いたくなる女でね。裕一郎の留守の間に男ができたらしく、昨日新宿のアパートへ刑事が尋ねて行った時には、せっせと荷造りをしていたそうですよ」

「その女は問題ないんですか？」

「彼女の場合ははっきりしてるんです。テレビに出演中だったんだな。出演中と言っても生《なま》放送じゃないんですが、嘘ではありませんでした。おじさんビデオテープだから十五日の夜かならず見てね、と言われてその刑事は面食《めんく》らったそうですよ。それがまた、どんな役だってきいたら、主人公のバックでテニスをしている役だって大威張りだそうでね」

刑事は肩をゆすった。

しかし、新田の表情は弛《ゆる》まなかった。彼はいつもの空気をみつめているような目を、廊下の空間に据えていた。新田の推測はあっけなく否定された。彼は彼の立場から、小梶の保険金によって潤う者を対象にしなければならなかったのである。まずその筆頭は鮎子だ。

しかし、三点の理由から鮎子を犯人と見ることは困難だった。

一点目は、鮎子に決定的なアリバイがあることだ。小梶が崖の上から突き落とされた時、鮎子は走っている列車の中にいたのである。

二点目は、はための羨《うらや》むほど仲が良かった父と娘であることだ。小梶は最愛の妻との間に産んだ鮎子を生きがいにしていた。鮎子を保険金の受取人にしたのも、娘に対する愛情からだったのだろう。鮎子も父と一緒に会社へ通い、二人暮らしの家庭をよく守っていたようだ。その娘が保険金欲しさに父親を殺すという仮定は、人間の情理を無視している。

三点目は、娘が父親を殺すこともあり得るとした場合、鮎子があえてそんな冒険をしたか、ということである。小梶が変死すれば、真先に疑惑を持たれるのは鮎子なのだ。彼女一人が保険金の受取人だからである。なにもそんなことをしなくても、時期がくれば小梶の保険金は自然に鮎子のものになるのだ。鮎子はまだ若い。たった今保険金を手に入れなくても、今後彼女には恋愛、結婚、と上り坂の人生があるはずだった。

この三点によって、鮎子を圏内から取り除いたのである。残るのは美子と裕一郎だが、拡大解釈して美子、裕一郎と利害をともにする二人を加えて、計四人とした。

しかし、その四人にも鮎子同様うたがう余地のないアリバイがあったのだ。現に、捜査本部も彼らを白と見ている。

彼ら以外に、小梶の保険金によって潤う者がいるのだろうか。一人としていないのである。

やはり生命保険にはかかわりない理由から、予想外の人間によって小梶は殺されたのだろうか。とすれば、新田の任務はこれより先がなかった。

だが、新田はそうは考えたくなかった。無理に保険金詐取の殺人事件に仕立てたいわけではない。ただ新田の勘が許さないだけである。少なくとも、養老死亡保険記ゆ三九九一八号契約は、『要注意』の契約だったのだ。

《諦めるのは早い……》

新田は自分に言い聞かせるように、胸裏《きょうり》で呟いた。

高良井刑事は、しきりと煙を吹き上げている。空でも眺めているような無心の横顔だった。

そう言えば、刑事はどことなくのんびりしている。その態度には緊張も焦燥も見られなかった。思索するふうもなく、神経質そうな表情の変化もない。さっきは、裕一郎の女の話をして笑っていたではないか。

おかしい——と、新田は思った。事件未解決中の捜査本部員というものは、連れて歩いている雰囲気がひどく暗いのがふつうである。冗談も言わないし、第一よけいなことはしゃべらなくなる。顔には疲労の色がありありと出て、深刻な表情をしているものだった。

新田は首をのばして、報道陣の控え室の方を覗いた。控え室には人影が少なかった。湯《ゆ》呑《の》みを片手に談笑している男の顔が見えた。

《なにかあったのだ》

報道陣の控え室がのんきそうなのは、たった今、捜査に一段落ついたことの発表があった証拠だった。

捜査本部は有力な容疑者の手掛かりをつかんだのかもしれない。だから、高良井刑事も平然と構えているのではないか。

新田は刑事を睨みつけるようにして言った。

「教えてくださいよ」

「なにをです？」

いったんはとぼけて見せたが、刑事はすぐニヤリとした。

「報道関係者にも発表ずみなんでしょう。いったい誰なんです？」

「いやあ、とんでもない。容疑者なんかわかっちゃあいませんよ。ただ、捜査はあかるい方向へ進展しているというだけですよ」

「重要参考人っていうやつですね」

「だめだめ、カマかけたって。有力な証言があったのは事実ですがね」

「男ですか？」

「…………」

「女なんですか？」

「そりゃあ、そのどっちかですよ」

「単独ですか、共犯ですか？」

「いやいや……」

刑事は手を振りながら立ち上がった。逃げるように長椅子を離れてから、新田を振り返る。

「勘弁してくださいよ。じゃあこれで……」

「小梶鮎子の事情聴取はいつごろまでかかりますか？」

新田は、無理には聞かないというように、同じ表情でそう言った。

「そうね――」

高良井刑事は腕時計を目に近づけた。

「もうかれこれ終わるでしょう。彼女になにか用ですか？」

「保険金請求の手続きを説明しておこうと思いましてね」

「ああ、なるほど」

と、刑事は本部室の方へ行きかけたが、のめるようにして立ちどまった。

「そうそう、一時間ばかり前に新田さんが来てないかと、女の人からここへ電話がありましたよ。小田原の千巻《ちまき》という旅館にいるそうです」

「名前は？　相手の」

「佐伯さんと言ったと思いますがね」

「わかりました。どうも……」

新田は、本部室の中へ消える刑事を見送った。急に疲れが出たような気がする。着衣をいく枚も重《かさ》ねたように、身体が重くなった。むだ骨を折った時の荒廃感と似ていた。

捜査本部は、容疑者に出頭を求める段階までこぎつけたに違いなかった。高良井刑事の様子からも、自信のほどが窺《うかが》われる。しかもその容疑者が、新田の推測の枠《わく》外の人物であることは確かだった。

《そんなことはあり得ない》

新田は自分の意欲をみつめた。小梶鮎子に会えば、疲労は忘れられるだろう。とにかく、このまま、引きさがる気にはなれなかった。

捜査本部の誤算だとは言いきれない。しかし、新田には、これですべてが終わったわけではないという予感があった。

東日生命の佐伯初子が、小田原の千巻という旅館にいるらしい。初子がどうして新田の行動を嗅ぎつけたのかはわからないが、小田原まで追って来ていることは事実だ。

初子にしても、おそらくこの事件を保険金詐取のための殺人と見ているだろう。保険調査員にとっては、信念に近い疑惑なのだ。

佐伯初子が乗り込んで来たことも、新田の予感を強める要因になった。

鮎子を待とう——と、新田は長椅子にすわりなおした。

4

小梶鮎子が二階からの階段をおりて来たのは、約三十分後だった。

鮎子が真鶴署の建物を出て行くのを見すまして、新田は廊下の長椅子から立ち上がった。

今日の鮎子は黒のタイトスカートに黒の半袖ブラウスという服装だった。それは喪服のつもりかもしれなかったが、別の意味で鮎子にはよく似合った。華奢《きゃしゃ》な彼女の肢体《したい》を黒色がいっそう可憐《かれん》に見せていた。その反面タイトスカートをはいていると、腰の曲線が意外に大人びている。だが、上半身の可憐と下半身の成熟は少しもアンバランスを感じさせなかった。かえって、それが、鮎子という女の神秘性を増すようだった。

赤味がかった長い髪の毛を、背中のあたりで無造作に束ねている。新田はそれに手が届きそうなところまで追い縋《すが》ってから、声をかけた。

「失礼ですが……」

鮎子は足をとめただけで振り向かなかった。肩のあたりに不安の凝固《ぎょうこ》があった。

新田は鮎子の前へ回った。鮎子は大きく目を見開いていた。見知らぬ男に呼びとめられた娘の、本能的な防御が彼女の身体を堅くしているようだった。

「ぼくは、協信生命の新田という者ですが、小梶美智雄さんの保険のことで、あなたとお話したいわけなんですが」

新田としては、珍しくまわりくどい言い方をした。この前とはまた別な鮎子の印象に、彼は戸惑《とまど》っていたのだ。

化粧気のない鮎子には、病的な美しさがあった。冷ややかな美貌に加えて、沈みきった愁《うれ》いとなまめかしさのようなものをあわせて感じさせるのだ。新田は彼女に吸い込まれて行くような気がした。

「はあ……」

鮎子は小さくうなずいた。まだよくのみ込めないといった面持《おもも》ちだった。

「どこかで、お茶でも飲みながら」

並んで歩き出しながら、新田がそう言うと、鮎子は小首をかしげた。

「そういうところがあるかしら……」

「いや、どんなところでも構わんですよ」

「真鶴岬に行けば、見晴茶屋《みはらしぢゃや》がありますわ」

「しかし、取り込み中に……いいんですか」

「はあ、家へ帰っても……」

鮎子は俯向《うつむ》いた。美子だけが待っている小田原の家へ、彼女も早くは帰りたくないのだろう。

「岬までは近いんですか？」

「魚市場まで出れば、すぐなんです」

「真鶴に詳しいんですね」

「はあ、子供のころから、夏になると毎年ここへ通ったんです。戦時中は軍の命令ではいれなかったそうですけど……」

新田は久しぶりで女と一緒にいるような気がした。昨夜から今朝にかけて会った女が、志津と美子だったせいだろうか。

通りへ出て右へ曲がると、例の坂道を先へ下って行くわけだった。すれ違う土地の人たちは、きまって鮎子を物珍しそうに振り返って行った。地方の小さな町では、鮎子の美貌が人の目をひくのは当然だった。

「父がこんなことになって……」

鮎子は声をひそめて言った。

「どうしたらいいのか、わからなかったんです。岬へ行くのも気晴らしになりますわ」

「とんだことでしたね」

とってつけたような新田の言い方だった。美子の口からは父の死を悼《いた》む言葉を聞かなかった。それで、しごく当たり前な鮎子の言葉にも、用意した返答がなかったのである。

「だけど……」

鮎子は不審げに眉を寄せた。

「請求もしないのに父の保険のことで……、それに、どうして、あたくしが小梶の娘だとおわかりになりました？」

「ええ……」

まさか、小梶の保険契約が『要注意』だったので、事件の発生には目を光らせていたと言うわけにはいかなかった。

「なにかの機会に社の書類で、あなたのお父さんの名前を見かけたんですよ。それが最近のことだったんで、新聞で事件の記事を読んだとき、すぐ思い当たりましてね。それから、あなたの顔を知っていたのは、例の十日の〝なにわ〟に実はぼくも乗り合わせていましてね。あなたのすぐ近くの席にいたんです」

新田は適当に取りつくろった。鮎子も素直に新田の弁解を受け入れたようである。それ以上の詮索《せんさく》はしなかった。

役場の前を過ぎて、しばらく坂を下り続けると、やがて生臭い臭気が鼻腔《びこう》をつき始めた。東京港をそのまま縮小したような漁港が、目の前にあった。

玩具のような防波堤と灯台があり、赤茶けた海面に漁船の影が揺れていた。防波堤のあたりから海の色は青さを増して、港外へ広がっている。気動船のエンジンの音と汽笛が、水面を這《は》うように聞こえて、港を囲む岬の懐《ふところ》へ余韻を残して吸い込まれて行った。

「こんな港でも、ブリでは有名なんです。熱海なんかへは、ここのブリが運ばれているんじゃないかしら」

鮎子は目を細めて、魚市場の方を見やった。新田も、ここが黒鯛《くろだい》や石鯛の磯釣《いそづ》りの名所であることは、人の話で聞かされた記憶があった。

魚市場の前で、舗装道路は途絶えていた。このあたりから人家が目につかなくなった。石が食い込んでいる黒土の道は、海沿いにふたたび上り坂になった。半島の先端へ向かっているようだった。海がしだいに低くなり、それにしたがって眺望のきく水平線が長くなった。

人通りはまったくなかった。車二台は通れる道に人影がないのは、奇異な感じだった。濡れたような岩肌と自然林が道の右側を遮《さえぎ》って、急勾配の上り坂は断崖に達している。頭上で風だけが鳴った。

「あれが、琴《こと》ガ浜《はま》っていうんです」

鮎子が斜め後ろを指さした。振り返ると、左足下に海水浴場のような浜辺が見おろせた。その向こうにレストハウス、そして魚市場が見えて、真鶴町の全景が、ミニチュアセットのように木々の緑と綾《あや》を織りなしていた。

すでに真鶴半島の断崖の上にいた。里地《さとち》、二番下《にばんした》と鮎子が地名を教えてくれた。二番下は道が断崖の真上に接している地点だった。

新田はガードレールすれすれに立って、真下を見た。断崖はほとんど直立していた。そこは小さな入江だった。碧水《へきすい》の深淵に露出した岩に砕ける波の泡立ちが、あちこちに渦巻いていた。高さは二十メートル以上あるだろうか。

新田はふと、崖の上から突き落とされた小梶のことを思った。犯人はなぜ、ここを凶行の場所にしなかったのか。ここの方が、はるかに殺人現場に適している。道がカーブしている地点だ。海上からも地上からも、ここは死角にはいる。近くで目撃されない限り安全である。見ているのは正面に開けた海だけだ。新田は、そんなよけいな計算をしてみた。

もっとも、ここから突き落としたのでは、殺せるという確率は低い。うまく岩の上へでも落ちてくれればいいが、海中へ墜落したのでは確実に死ぬとは限らない。

気がつくと、鮎子は十メートルほど先を歩いていた。道が薄暗くなっている。巨木の枝が頭の上に被いかぶさって来たのだ。半島の名所と言われる、鬱蒼《うっそう》とした樹海《じゅかい》へはいったようである。日射しは、地上まで達しなかった。たまたま光線がもれているところは、緑の斑点《はんてん》が空間を彩《いろど》って海底を歩いているようだった。

楠《くす》が多かった。これに杉や檜《ひのき》が混じっている。どれも年輪を経た樹木で、空を被い隠すように高かった。ところどころの梢は靄《もや》に溶け込んで見えなかった。小鳥の囀《さえず》りだけが耳についた。

新田は、ここを鮎子と二人だけで歩いているのが不思議だった。保険調査員と父親を殺された娘が話し合うには、ふさわしくない場所であった。

この自然林を抜けたところが、真鶴岬の先端であった。キャンプ場があり、その先の海上に三ツ石と呼ばれる三つの巨岩が見えていた。

鮎子は新田を見晴茶屋へ案内した。ビーチパラソルの下のテーブルに着くと、視界を遮《さえぎ》るものは、なに一つなかった。空と海だけがすべてだった。

「与謝野晶子《よさのあきこ》が、わがたてる真鶴岬が二つにす相模《さがみ》の海と伊豆《いず》の白波、とうたったのは、このあたりだそうですわ」

鮎子が水平線に目をやりながら言った。

新田には感興というほどのものはなかった。しかし、現実的な質問をさっそく始めることが、何か惜しいような気がした。このままぼんやりと鮎子を眺めていたかった。

「アイスクリームでも食べましょう」

新田は店の女の子を呼んで、アイスクリームを注文した。

だが、新田の気持が停滞していたのは、クリームを食べ終わるまでだった。クリームの容器をかたわらの屑籠《くずかご》へ放り込むと、新田はテーブルの上で指を組み合わせた。

「あなたに保険金をお支払いするには、それなりの条件が揃《そろ》っているかどうかを調べなければなりません」

「…………」

もっともだというように、鮎子はうなずいた。

「質問に答えていただけますね？」

「はあ。でも……」

鮎子は続けて瞬《またた》きをした。

「警察で口止めされていることは、言えないと思うんですけど」

「結構です」

新田はなにから尋ねるべきなのか迷った。質問するとは言ったものの、さてなにを訊《き》こうかとなると、なにもないような気がした。

肝心なことは、捜査本部から口止めされているだろうし、言いにくいことは鮎子も答えないに違いない。

新田はやはり、六百万円の保険金が支払われたとしたら、それが、どれだけ、だれに分配されるかを探るより、仕方がないと思った。

捜査本部が割り出したらしい容疑者にはこだわらずに、あくまで六百万円の行方を追えばいいのだ。

「妙な質問ですがね」

新田は鮎子をみつめた。

「六百万円の保険金をどうなさるつもりですか?」

「さあ……」

鮎子は上目《うわめ》使いに新田を見返した。その目は取りようによっては悲しげな目であった。

「まだ、そんなこと……」

「いや、何に使うのかという意味ではなく、受取人の権利として、あなただけのものにするかと訊《き》いているんです」

「そういうわけにも行かないと思いますけど……」

「つまり、お姉さんやお兄さんにも分けて上げるというわけですね」

「そう決めてはおりません」

鮎子は、はっきりした口調で言った。

新田は的《まと》をはずされたような気がした。彼はいつのまにか、鮎子と自分を同一視していた。それは、鮎子と自分に共通したものを感じ、鏡の中に見る自分の分身であるような気がしたからだ。

鮎子を自分に当てはめて考え、この場合には自分だったらこうするから、鮎子もそうだろうという判断だった。

鮎子は、保険金を美子や裕一郎に分配するものと、新田は決め込んでいた。それに、彼女の繊細さから受ける印象が、六百万円を一人占めするような女に見せなかったのである。

しかし、鮎子はそう決めてはいないと、はっきり言っている。金に関してだけは、現代の娘らしく割り切るのだろうか、と新田は思った。

「しかし、姉さんたちが黙ってはいないでしょう」

「たぶん……」

「あなたが受取人に指定されたというので、姉さんたちはだいぶ憤激したんでしょう？」

「…………」

鮎子は悲しげな眼差《まなざ》しを、もとの澄《す》んだ瞳《ひとみ》へ戻した。新田がなにもかも知っているらしいことに気づいたのだろう。

「今朝、小田原のお宅へ行って来ました。美子さんに会いましたよ」

「姉は、なんと言ってました？」

「当然分配するべきだと言ってました。そうでなければ、小田原のお宅から、あなたに立ち退《の》いてもらうそうです」

「その話は昨晩、姉から聞きました。結局、父が亡くなったことで、あたくしたち姉妹は、赤の他人になるんですわ」

「複雑な事情があるそうですね」

「たぶん、姉はそこまでしゃべったでしょうね」

「姉さんだけではなく、それ以外の人からも聞きましたよ」

「だれです？」

「五味志津、という女の人ですがね」

「…………」

鮎子の表情が一瞬、沈んだ。憂色がかすめて過ぎたようだった。

「ご存知でしょう？」

「父が、あの方にはとてもお世話になったらしいんです」

「あなたの周囲で、唯一の味方は彼女のようですね」

「そうですか……」

鮎子は海の方へ顔を向けた。

ほつれ毛が、鮎子の額《ひたい》で舞っていた。彼女の肩越しに海のうねりが見えた。午後になって、ようやく強い日射しに海は紺碧《こんぺき》に染まった。

地中海がこのように若々しい海なのではないか、と新田は思った。

「あなたのお母さんのことを、とてもほめていましたよ」

「志津さんが？」

「ええ」

「母は美しすぎました」

鮎子は、それがいけなかったというような口ぶりだった。

「お母さんは、どこの方です」

「軽井沢《かるいざわ》です」

「長野《なが の》県のあの軽井沢ですか」

「ええ。軽井沢旧道の植木屋の娘だったんだそうです。時田水江《とき た みず え》って言えば軽井沢で知らない者はない美人だった、と父がよく言ってました」

「お父さんとは、軽井沢で知り合ったんですか?」

「父はそのころ、ある業界新聞の記者をしていたんです。そのために、軽井沢に滞在しているお偉方《えらがた》に会いに行く用が多かったんじゃないでしょうか。そのうちに母と結ばれて、あたくしが……」

聞いても仕方がない話だった。今の新田にとってはなんの役にも立たないし、鮎子にしても言い辛《づら》いのだ。

やはり鮎子から聞き出すことはなにもなかった。質問すべきことがあると思い込んで、それを鮎子と会う口実にして自分を納得させていたのかもしれない。

「なんだか、いろいろとお訊《き》きするのが悪いような気がして来ました。もうこれでやめましょう」

新田は自分に腹を立てていた。無意識に女に惹かれている自分に嫌悪《けん お》を感じた。新田は相手を無視したように立ち上がった。鮎子はそのまま動かなかった。黙って新田を見上げていた。

「どうも――」

（いつか、こんなことではなくて、お会いできるといいんですけど……）

鮎子の目がそう言っているような気がした。新田は鮎子の視線をはずすと、足早に歩き出した。

5

小田原へ戻ると、新田はその足で駅前の観光案内所へ行った。千巻《ちまき》という旅館がどこにあるか、訊くためだった。

千巻旅館はすぐわかった。真鶴道路へ抜けるあたりの、小田原市のはずれにある旅館だった。佐伯初子も、真鶴へ行く便利を考えて、ここに旅館をとったのだろう。

千巻旅館は海に面して建っていた。だが、砂浜のある海辺でもなく、特に景色がいいところというわけではなかった。潮の香りというより、磯《いそ》臭い匂いがした。

帳場で尋ねると、初子から伝えてあったと見えて、すぐ女中が案内に立った。二階の『松原の間』というのが初子の部屋だった。

六畳と三畳の二間続きという、ありふれた部屋の構造だった。初子は開け放った窓の欄《らん》干《かん》に腰かけていた。海を見ていたようだった。

新田は黙って、テーブルの前にあぐらをかいた。テーブルの上には、ヘネシーのブランディと、グラスが一個、影を落としていた。

ややあってから、初子は立って来た。彼女は、新田の真向かいにすわったが、彼の方を見ようともしなかった。無言を続けたまま、ブランディをグラスに七分目ほど注いだ。そのコクコクという液体の流れでる音が、妙に大きく聞こえた。

「見損《みそこ》なったわ……」

初子が口を開いたのは、グラスのブランディを飲みほしてからだった。

「新田さんって、形だけのニヒリストじゃないと思ってたの。人間のつまらない裏表なんか、とっくに超越していると思ってたのよ。とんでもない買いかぶりだったわね」

初子は芝居じみた吐息をした。新田は返事をしなかった。彼は床の間の、安物の掛け軸を眺めていた。大きなダルマの掛け軸であった。

「新田さんって生臭坊主《なまぐさぼうず》よ。大いに生臭いわ。そんなに点数を稼ぎたいの？　功名が欲しいの？　あたしをごまかしてまで、出し抜きたかったの？　ごまかしたつもりはないって言いたいんでしょ？　だめ、あなたは確かにごまかしたのよ。そりゃあ、あの晩、小梶美智雄と聞いてピンと来なかったあたしも、怠慢だったわ。でも、あなたはそのとき、すでに気づいていたんでしょう？　なぜ一言《ひとこと》、言ってくれなかったの？　それをなにも知らないというような顔をしていて、あたしと別れてから会社へ調べに寄ったんでしょう。小梶美智雄の保険契約はあなたの会社だけじゃなかったのよ。うちだって、アサヒ相互さんだって、もしものことがあれば被害をこうむったんじゃないの。卑劣よ。エゴイストよ。仁義を無視してるわ。ねえ、なんとか言ったらどうなのよ！」

初子は両手でテーブルを押しこくった。

新田の表情は動かなかった。初子のいうように、気がついていて黙っていたわけではない。小梶美智雄という名前をどこで見たかを思い出したのは、初子と別れてからの、タクシーの中である。その後は行動だけで手一杯だった。初子にわざわざ知らせる暇もなかったし、またそんな必要も感じなかった。

しかし今、ここで言いわけするのも面倒であった。思うように思わせておけばいい、という新田の気持だった。それよりも、怒ったときの初子は美しいということの方が、新田の頭を占めていた。

「弁解の余地なしでしょう」

初子は鼻の先で笑った。だが、その笑いは、途中で引きつったように消えた。

「そりゃあ、新田さんがね、仁義とか取引なんてことに関心がないのは知ってるわよ。でもね、今度の事件は新田さんと一緒にあたしも直接触れたんだものね。あたしは人間の情ってものを信じたわ。あなたって人に裏があるとは思わなかったから、ほかの人ならともかく、新田さんだけはってね。あたし、昨日あなたのところへ電話したの。別に用ってわけじゃなく、なんとなくよ。そうしたら、これこれの事情で真鶴へ行ってるだろうっていう返事でしょう。あたしはそれから係長と相談して資料を集めたってわけ。だけど腹が立ったわ。あなたに会ったら、その仮面を引ん剝《む》いてやろうと思って……」

「言うことはそれだけか？」

新田は、湯吞みのお茶を灰皿にあけて、それへブランディを注いだ。

「まだあるわ」

初子は新田の手からブランディのびんをひったくった。

「そうだろう。呼びつけたからには……」

「でもあいにく、あなたの期待に添えるような話じゃないの。むしろ、その正反対かな」

初子は皮肉な笑い方をした。

「つまりね、あなたに東京へ引き揚げなさいって言いたいの。この事件はただの殺しよ。保険には関係なかったのよ。東京へ帰って、あなたのお好きなお嬢さまに保険金支払いの準備でもして上げたら」

初子が冗談を言っているとは思えなかった。まさか、こんな口実で新田を東京へ追っ払うというような子供だましの手を用いるはずもない。

するると、初子は本気なのだろうか。高良井刑事の言葉もある。この符合が、新田には気になった。

「確証は？」

新田はきいた。

「あるわよ」

じらすように、初子は首をかしげて笑っていた。

「あたしね、小梶美智雄の勤務先で徹底的に聞き込みをやったの。そうしたら小梶が会社の厚生互助会の貸付から三十万円、借りてるってことがわかったの。どうやら、警察もあたしと同じ方針だったらしいわ」

「犯人はだれなんだ」

「教えるもんですか……」

初子は唇をたてに指で押さえた。

「ただね、アサヒ相互の塚本さんには教えて上げたの。彼、今朝名古屋から帰って来たからね。塚本さん、今ごろ真鶴の捜査本部で犯人逮捕を確認しているでしょう。あたしも今夜のうちに東京へ帰るつもり。よかったらご一緒にどうぞ」

新田を嘲弄《ちょうろう》して、初子は楽しんでいるようだった。

新田は窓の外へ視線を移した。海は淡い夕景を迎えていた。海面が一枚のガラス板のように凪《な》いでいる。夕靄《もや》が水平線を消していた。

《違う……》

空は焼けてもいないのに、窓に向けた新田の顔が赤く染まっていた。彼は薄暮の光線に、にわかに白さを増した高い雲を、凝視した。

初子も警察も、なにかを見誤っているのではないか。小梶が会社の厚生互助会から三十万円を借りていることが、どれだけ重大な糸口なのかはわからない。しかし、殺された小梶には、六百万円の保険がかかっていたのだ。この点を軽視しすぎているような気がする。この種の犯罪例が、日本にはまだ少ないせいだろうか。

しかし、初子の言うことも一応確かめてみなければならない。それを聞いた上で、今後の行動を決めるべきだった。

だが初子は教えないという。自然に出る結果を待っているわけには行かない。容疑者が逮捕されるのは、なにも今日明日のうちとは限らないのだ。次の行動に移るのも、できるだけ急がなければならない。そうしなければ、糸はいよいよもつれるばかりである。

初子は、さっき、新田を信じたと言い、また新田は取引をしない人間だと言った。彼はこの言葉を思い浮かべて、かすかに唇を歪《ゆが》めた。彼の胸には今、初子の言葉とは正反対な彼がいたのである。

新田は立ち上がった。その影は暗くなった部屋を、ゆっくりと横切った。テーブルの向こうには、初子がいた。新田はそのかたわらにすわった。新田の手がのびて、初子の肩を引き寄せた。

「なにをするの！」

初子の愕然《がくぜん》とした声が響いた。だが、新田は無言で腕に力を加えた。初子の身体は足掻《あが》きながら、少しずつ新田の胸の中へ倒れ込んで行った。二人の影が重なって、短い沈黙が来た。

唇を放して、初子は新田の顔をみつめた。新田は、ふたたび強引《ごういん》に初子を抱き寄せた。

「新田さん、あなた、本気なの？」

喘《あえ》ぐような、初子のかすれた声だった。

新田はまったく声を発しなかった。彼の腕だけが動き、掌が剝《む》き出した初子の肌を這った。初子は胴をよじり、胸の隆起を波うたせた。頭の中に熱いものが渦巻いて、すべての思考を押し流した。

「あたし、あなたにごまかされたのが口惜《くや》しかったの。あなただったからこそ、腹が立ったのよ」

乱れた息使いの中から、初子のそんな声が聞こえた。

やがて、厚くなった闇に二人の影は消された。

「好きだったわ……」

初子のかすかな呟きがもれて、すぐ闇は静寂と融合した。

部屋に灯が点《つ》くと、窓の四角だけが暗かった。漁火《いさりび》もなく、窓の外には遠近感がなかった。

電灯に一匹の蛾《が》がまつわりついていた。その影が、真下のテーブルで舞った。

テーブルに向かい合って新田と初子がすわっていた。初子は、いつもの清潔そうな彼女に戻っていた。ただ伏目がちの眼差しが弱々しかった。

「国分久平《こくぶきゅうへい》っていうの……」

初子は髪の毛の乱れを気にして手をやった。目はまだ上げられないようである。口のき方にも、甘い虚脱感があった。

「小梶との関係は?」

新田には微塵も変化が見られなかった。たった今、部屋へはいって来て、ここにすわったばかりのような彼だった。

「学生時代からの友だちらしいわ。齢《とし》は小梶より二つ下の、四十八だけど」

「職業は？」

新田は暗い目で言った。初子の返事は、すぐにはなかった。彼女は、テーブルの縁《ふち》をみつめているようだった。

「職業は？」

もう一度、新田が訊《き》いた。

「え……」

放心状態からわれにかえったように顔を上げた初子は、目に狼狽を見せて、上気した頬のあたりへ手を当てた。

「職業は絵描《か》き……志望だったんだけど、今は看板を描かしてもらってるらしいわ。つまりペンキ屋さんで働いているのね」

「三十万の金が、どうして必要だったんだろう」

「競馬かなにかじゃない。昔からの浪費家なんですって。戦前はいいところのお坊っちゃんで、のんきに絵ばかり描いていられたらしいんだけど。戦後はひどい生活をしていたのね……」

「妻子はないのか？」

「結婚の経験はないそうよ。戦後は小梶のところへちょいちょい来て、ポスターの原画を描かしてくれって泣きついたらしいわ。全通あたりじゃ、おかかえの画工もいるし、小梶も困っていたという話よ」

「三十万円を借りに来たのは、いつごろだったんだ？」

「四月の末よ。三十万円都合《つごう》できないと刑務所行きだって。五月一杯には工面《くめん》できるっていうので、小梶は自分名義で会社の厚生互助会から三十万円の貸付を受けたのよ」

「その国分久平という男に三十万円の金が返せる能力があると、小梶は信じたわけか」

「もっともらしいことを言って、小梶を信用させたんでしょう。ところが五月は過ぎて六月にはいっても、国分からお金を回収できない小梶は、慌《あわ》てて……」

「催促は強硬だった」

「らしいわ」

「しかし、ただそれだけのことで国分を小梶殺しの容疑者にするのは、根拠が弱い」

「そのほかにも細《こま》かい裏付けがあるんだと思うけど」

「アリバイは？」

「わからないわ。警察も国分本人には会ってないのよ」

「逃げたのか？」

「下宿している家の主婦の話だと、国分っていう男の生活は一定してないんだって。三日も帰らないことなんて、当たり前らしいわ」

「金を返そうとしていた様子はあるのかな」

「その主婦が、小梶からの毎日のような催促の葉書に心配して、大丈夫なのかと聞くと、国分は返さなくっても平気だと言って、笑っていたそうよ。このことは警察でも重視しているらしいわ」

「それで、国分が小梶を殺したというのか」

「動機は借金の返済を迫られてということになるわね」

「月並だ……」

新田は自分に囁《ささや》くように言った。

この事件には幾つかの劇的な要素が含まれている。

父親が崖の上から突き落とされて、それを進行中の列車の中から娘が目撃した。

父親には六百万円の保険金がかけられてあった。

父親と長兄長女の間に葛藤《かっとう》があった。そして、その要因となった複雑な家庭事情。

劇的であることを裏返せば、そこに作為があることも考えられるのだ。これだけの要件が揃っていながら、出された結論が借金返済を迫られた旧友の凶行――というのでは、『因』と『果』に相離反するものを感ずるのである。

「ねえ……」

初子が思いきったように顔を上げた。

「お願いがあるの」

「………？」

言ってみろ、と新田は目でうなずいた。

「あなたっていう人を知らないのよ。教えてほしいの」

「なにを？」

「今日のようなあなたになってしまった原因……」

初子の目は熱っぽく潤《うる》んでいた。せがむような表情に、媚《こび》さえ感じられた。新田は、こんなに女らしい彼女を初めて見た。東日生命の調査員佐伯初子であることを忘れそうであった。

「こうなった以上、あたしあなたのすべてを知っておきたいのよ。お願い……」

初子はテーブルに手をかけた。

どの女も必ず言う台詞《せりふ》だ、と新田は思った。そう思いながら、新田はゆっくり左右に首を振った。

初子はなおもなにか言いかけた。だが、荒々しく襖《ふすま》が開かれた音で、それは中断された。

「佐伯さん……」

声をかけながらアサヒ相互生命の塚本清三がはいって来た。

塚本は新田がいるのに気づいて、

「やあ、来てましたね」

と言った。

新田は、相変わらず酒焼けしている塚本の角張った顔を見上げて、一つうなずいた。初子のほうを一瞥《いちべつ》すると、彼女は顔を伏せかげんにしていた。その口もとあたりが恥じらいに綻《ほころ》んでいるようだった。

塚本は新田と初子の間に割り込むと、二人の顔を交互に見やった。

「えらいことになったですよ」

塚本はハンカチで額の汗を拭《ぬぐ》った。

「例の国分久平ね、彼、自殺しちゃったんですよ」

「ほんとう?」

初子が頬を硬《こわ》ばらせた。

「いつ、どこで?」

新田がきいた。

「真鶴岬の二番下っていう崖の上から飛びおりたんだ。今日の夕方ですよ」

二番下――今日あの地点に立って、新田はここが犯行現場として適していると思った。その同じ場所で、今日の夕方、小梶殺しの容疑者として手配されていた国分久平が死んだ――。

「自殺というのは確かなんですか?」

新田は、塚本の顔に自分のそれを近づけた。

「間違いなしですよ。飛び込む現場を、海の上の釣り舟から一人の老人が目撃したんです。それに遺書もあった」

「遺書?」

「崖の上に残して行ったんですよ。内容は発表されていませんが、どうやら小梶殺しを遺書で認めているらしいなあ」

「そのほかには?」

「わたしは、どういう意味かよくわからないんだけど、捜査本部じゃ、靴のことをだいぶ気にしてましたよ」

「靴？」

「死者がはいていた靴ですよ。靴のマークが銀座カトレヤとなっているっていうんで、捜査本部では騒いでいたらしいけど」

カトレヤ――小梶殺しの現場に、銀座カトレヤで買物したときにつけてくれる靴ベラが遺留されてあった。そして、自殺した小梶殺しの容疑者国分がはいていた靴も、銀座カトレヤの製品だった。

確かに符合する。A地点にカトレヤの靴ベラ、B地点にカトレヤ製品の靴。そして、A地点に被害者、B地点に容疑者。しかも容疑者は遺書を残して自殺した。

《符合しすぎる》

新田はそう思った。それは同時に、国分が犯人ではないことを証明している。たぶん、国分の死も自殺ではないだろう――と、新田は窓の闇にいくつかの顔を描いた。

美子とその夫、裕一郎とその愛人、鮎子、志津、そして国分久平。

これらの人々は、小梶美智雄を囲んで一つの環を描いている。それは、歪《ゆが》んだ環であった。

捩《よじ》れた線

1

国分久平の死も自殺ではないだろう――という新田の見込みは、どうやら当を得ていないようだった。

翌日、新田は佐伯初子と連れだって、真鶴署の捜査本部へ行ってみた。アサヒ相互生命の塚本は別行動をとると言いだして、一緒に来ようとしなかった。新田と初子の結びつきをそれとなく察して、遠慮したのかもしれない。

捜査本部は、前日よりはるかに慌《あわ》ただしい空気の中にあった。報道関係者も倍以上詰めかけていたし、真鶴署の廊下を行きかう係官たちは、どれも痛そうに赤い目をしていた。

これは、事件が意外な方向へ進展したことを示していた。同時に、その進展は結末をも意味している。報道関係者が多いのも、事件の結末を報ずるために集まったという証拠であった。

朝から降り始めた小雨が、真鶴署前の道を黒く濡らしている。乗用車や単車の光沢ある肌で、銀粉のようなしぶきが躍《おど》っていた。署の建物の中は、陰鬱に暗かった。その中を、人々がむっつりと、だが敏捷《びんしょう》に歩きまわっていた。

「その、高良井って刑事に会えるの？」

真鶴署へ着くと、初子がすぐ新田にそう訊《き》いた。

「さあね」

新田はそっけなく言って、唇を結んだ。

初子の言葉つきは、仕事中の保険調査員のそれに戻っていた。だが、やはりどこかに、以前とは違った甘さがあった。昨日までの初子だったら「会えるかな？」とか「会えるでしょうね？」と言っただろう。少なくとも自分を新田と対等にした口のきき方をしたはずである。しかし、今の彼女は「会えるの？」と訊いた。女の「……の？」という訊き方には、男に依存する気持が含まれている。

初子の自分の意志で行動する一人の保険調査員という意識は、ちょっぴり欠けているに違いない。その欠けた部分に、新田が存在しているのだろう。

「とにかく、待ってみよう」

新田は、昨日高良井刑事とすわった廊下の長椅子に腰をおろした。いつもなら、なにかを探り出そうと一人さっさと姿を消す初子だったが、素直に新田の脇に並んで腰かけた。

この時の新田には、まだ国分久平の死を自殺として受け入れる気持はなかった。あくまで、保険金詐取の策謀という推測を大切にしていた。

しかし、国分久平の死は疑いもなく自殺と見なければならないデータを、高良井刑事から提供されたのは、それからまもなくだった。

新田と初子が真鶴署へ来て一時間後に捜査本部から報道陣に対して、正式な発表が行なわれた。

「捜査本部は、種々の裏付け捜査の結果、全通東京支社会計課長小梶美智雄殺害事件の容疑者として、小梶美智雄の旧友である東京都江東区《こうとうく》石浜町《いしはまちょう》二ノ十四吉田方《よしだかた》国分久平を、その該当者と断定した。しかるに国分久平は昨六月十二日午後五時ごろ、真鶴半島の通称二番下の崖上から海中へ投身自殺を遂げた。国分は被害者から借りた三十万円の返済に窮して犯行したが、その後のがれられぬものと覚悟して自殺を計ったと推定される。よって、全通課長殺し捜査本部は、本日をもって解散する」

記者会見に先だって発表された正式文書を読み上げる係官の声を背中で聞いて、新田は、部屋から出て来た高良井刑事に手を上げた。

「今日はご婦人連れで？」

闊達《かったつ》な高良井刑事の態度だが、さすがに昨日のようなあかるさはなかった。

「妙なことになりましたね」

新田は目を動かさずに言った。

「まあね。テレビのプロ野球を見ようと、家へ飛んで帰ったら、その地方は雨で野球は中止だった……ざっとこんな気持ですよ」

刑事は腰に手をあてがって、くわえたばこの煙を灰ごと吐き散らした。

とにかく事件は決着したという解放感と、なにか割りきれない苛立《いらだ》たしさと、その両方が刑事の表情にあった。

「その気持はよくわかります」

新田は刑事を慰めるつもりではなくて言った。殺人事件の捜査本部員と同じ立場に立たされたことは、新田や初子にも幾度かはあったのである。

「これで、新田さんの方はすっきりしたでしょう。小梶氏の娘には、心おきなく保険金を支払ってやってください」

高良井刑事は、放心したように窓の外の黒い空を見上げた。

「そうもいかんです」

「へえ？　まだ保険金詐取の疑いがあるっていうんですか？」

「そうじゃないという証拠もないでしょう」

「ずいぶん慎重《しんちょう》なんですねえ」

刑事は、ちょっとあきれたというように目を見はった。

「とにかく、高額な金のやりとりです。一点の疑問も残せませんね。この人も、小梶氏が保険契約をした東日生命の調査員です」

と、新田は初子を紹介した。

「佐伯初子です」

初子は照れたように笑った。

「そうですか。道理でどこかでお見かけしたと思っていたんです」

高良井刑事は自分の記憶力に満足したように深く頷《うなず》いた。初子の方も、とっくに気がついていたらしく、

「全通会館の廊下で二度ばかり……すれ違いましたわ」

と、微笑を消さずに言った。

「ところで……」

そんなことはどうでもいいというように、新田は初子の言葉にかぶせた。

「国分久平の死を自殺と判断した根拠は、何なんです？」

「飛び込むところを目撃した者がいたこと、それに国分の自筆の遺書があったこと、この二点ですよ」

刑事は説明するのが面倒のようであった。きまりきったことを質問されるような気がするのだろう。

「目撃者は海上にいたそうですね？」

「二番下の崖下から約三百メートル近い海上にいたんですよ」

「何者ですか？」

「真鶴町の雑貨屋の隠居でね。釣り気違いなんですよ。毎日夕方五時ごろになると、あのあたりへ小舟をこぎだして、夜まで釣りを楽しむんだそうですが……」

「すると、その目撃者は国分久平に面識はなかったんでしょう？」

「もちろんです。しかし、この場合、面識のあるなしは問題にならない。とにかく、飛び込むところを見かけて、急いで舟をその崖下へこぎよせ、国分久平の水死体を収容したんですからね」

「国分久平は水死に違いなかったんですかね？」

「間違いなかったですね。あきらかに溺死でした。そうとう酔っぱらってから飛び込んだらしいですよ。心臓麻痺はおこさなかったようですが、あんなに酔っていたんじゃあ水の中で手足の自由がきかんでしょう。それでなくても国分はぜんぜんカナヅチだったんですね。だいぶ水を飲んでいたそうですよ。もっとも、そうだから、水へ飛び込み自殺を計ったんでしょうが……」

「なぜ酔っぱらって飛び込んだんですかね？」

「そりゃあ自殺とは言っても、死ぬことは怖《こわ》いでしょうからね。酔った勢いで自殺するケースはあんがい多いですよ」

「飲んだ量は？」

「からっぽになったウィスキーの大びんが、付近の林の中から発見されましたよ」

高良井刑事は、曇った窓ガラスを掌でゴシゴシとこすった。黒い空と、細い銀糸のような雨が、いっそう鮮明に見えた。

刑事はほかのことを考えているようであった。自分の職務にひと区切りついた時の、一種の空しさが彼の横顔にあった。今夜、久しぶりに家庭で寛《くつろ》いだら、なにをしようか、とでも考えているのだろう。

ほんらいならば、新田も並行してそんな気持になっていいはずだった。なにはともあれ、小梶美智雄が殺された事件には終止符が打たれたのである。

事実、いまだにあくせくとこの事件にくらいついているのは、人が寝静まったころに働きに出て行くようなものかもしれなかった。

しかし、たとえ目撃者や遺書という決定的な証拠を見せつけられても、どちらも納得がいかないのである。目撃者がいたということにしてもそうだ。国分久平の死の設定条件は小梶美智雄のそれと、まったく同じではないか。

国分は崖の上から海のなかへ飛び込み、小梶は崖の上から東海道線の線路ぎわに落ちたという違いだけである。そして、前者は海上の舟の上から、後者は走っている列車の中から、それぞれ目撃されている。

高いところから墜落する。それを手の届かない場所からだれかが確認する。この二点において、国分と小梶の死はまったく似かよっているのだ。

《作為……》

新田はそう思う。

自分だけがとんでもない曲解から、とり憑《っ》かれたように、人が平面だというものを線であると主張しているのかもしれない。そういう不安も新田にはあった。

二つの死の酷似した状況設定。これが決して偶然でないと得心が行けば、新田も諦めがつく。それまでは、不安と信念との相克に耐えなければならないのである。

しかし、新田はこの点について、これ以上高良井刑事に質問しても仕方がないと思った。刑事にとっては、一回見た映画をもう一度見せられるようなものに違いない。克明に教えてくれる気はないだろう。

それより、その日撃者である真鶴町の雑貨屋の隠居に会って、話を聞く方が賢明であった。

新田は、遺書の方に話題を移した。

「国分の遺書ですがね。彼の筆跡によるものとしても、遺書の内容はどんなことだったんです?」

「内容ですか……」

刑事はたばこの吸殻の捨て場に困って、それを爪の先でつまんでいた。

「できたら、遺書の写しでも見せていただきたいんですが」

「そうですね、その方が簡単だ。ちょっと待っててください」

刑事は部屋へ戻って行った。たばこの吸殻を捨てなければならなかったから、こうもあっさりと、新田の求めに応じたのだろう。

「いやに、おとなしいな」

新田は初子を見おろした。初子はチラッと新田を見たが、すぐ視線を窓の方に戻した。

「意地悪ね……」

初子は小さく言った。

新田には、今日の初子が少女のように見えた。男と交渉を持つと、女はこうも可憐《かれん》になるものだろうか。

「ひやかさないで」

初子は肩を聳《そび》やかす。新田は鼻で小さく笑った。そんなつもりで、おとなしいと言ったのではなかったからだ。一言も口を出さない彼女が奇異な感じだったのである。

高良井刑事は、すぐ引っ返して来た。

「これが、遺書の全文ですが……」

刑事は手にした便箋を、指先でパンパンと弾《はじ》いた。

新田は刑事に顔を寄せて、その便箋を覗き込んだ。

『たいへんご迷惑をおかけしました。申しわけないと思っております。二度とこんなことをしないためにも、また生まれかわるつもりで、永遠の決別を告げます。国分久平』

たった、これだけのことが書いてあった。新田は拍子抜けした。遺書というからには、もっと手紙らしい手紙かと思っていたのである。

「走り書きのようなものですね？」

「しかし、本物はもっと丁寧に書いてありましたよ。証文みたいに堅い字でね」

「遺書は、どこにあったのです？」

「封筒に入れて、崖の途中に置いてあったのです。五千円ばかりはいった財布を重石代わりにしてね」

刑事は遺書の写しの便箋を四つ折りにしながら言った。

短い文章でも、覚悟の死を遂げることを言い残した遺書には変わりなかった。確かに、国分久平の死が自殺であることを示す、決定的な証拠である。

新田は短い間、目をつぶった。小梶鮎子の暗い顔を思い浮かべる。鮎子の存在を遠く感じた。本社に帰り、小梶美智雄の死亡は、保険金支払いに適合する、と報告しようかと思った。それでもう、新田は鮎子とまったく無縁の間柄になる。

そして、新田には次の新しい仕事が待っている。

新田は目をあいた。同時に、短い思惑《おもわく》を打ち消した。

「短いご縁でしたが、いろいろお世話になりました」

新田は高良井刑事に会釈《えしゃく》した。

「いやあ、こちらこそ。どうも、肩すかしを食ったような事件でしたが……。今後ともよろしく」

若い刑事は手をのばして、握手を求めた。新田もお義理に握手に応じた。別離の光景はすぐ終わった。新田は、あっさりと刑事に背を向けて、歩き出していた。

2

町へ出て、昨日真鶴岬で自殺した男を発見した雑貨屋の隠居の家はどこかと尋ねると、土地の人はすぐ教えてくれた。

人口九千人あまりの真鶴町である。古くからこの町で商売している雑貨屋なら、だれでも知っているはずだった。それに町の人の間では、国分久平の自殺事件の噂話でもちっきりだったに違いない。

雨が坂道を叩いていた。女の傘の水色が、濡れた路上に滲《にじ》んでいる。自転車がブレーキの音をたてながら、坂を滑って行った。

とつぜん、初子の足もとで派手な爆裂音が鳴った。閑散とした路上であっただけに、初子は不意をつかれて飛び上がった。

八百屋《やおや》の軒下に三人ばかりの子供たちが、しゃがみ込んでいた、初子が驚くのを見て、子供たちは嬉しそうに声をたてて笑った。子供たちの手もとにはマッチがあった。どうやら花火のような火薬玩具に火をつけて、投げて寄こしたらしい。雨の日の所在なさに、子供たちはこんな悪戯《いたずら》を思いついたのだろう。

「この野郎!」

店の奥から、三十前後の女が飛び出してくると、両手を振り上げて子供たちを追いはらった。子供はゲラゲラ笑いながら、雨の中へ散って行った。

「どうも、すみません。あんな悪い遊びがすっかり流行《はや》ってしまって……」

女は顔を赤く染めながら、頭を下げた。

「いいえ……」

初子の方も、きまり悪そうに苦笑した。

国分が自殺する現場を目撃した老人というのは、役場の右隣にある『加瀬屋《かせや》雑貨店』の隠居だった。加瀬千吉《かせせんきち》という、なかなか骨のある老人だそうである。

加瀬屋は、この町でいちばん大きい雑貨屋だという話だったが、行ってみると軒の低い店先に台をならべ、その上にまで雑然と品物が積んであるといった、飾りっけのない店構えであった。

もっとも、人口九千あまりの真鶴町に立派な雑貨屋など、あるはずはなかった。

店先で品物にはたきをかけていた四十ぐらいの男に、

「加瀬千吉さんにお会いしたいのですが」

と言うと、男は店の奥に向かって、父さん！　とどなった。

加瀬千吉はゴム草履《ぞうり》をつっかけて、気軽に店先へ姿を現わした。隠居という感じには、ほど遠い印象であった。六十五はゆうに越しているだろう。小柄だが、ランニングを着た上半身の隆々とした筋肉が見事だった。肌は赤銅色《しゃくどういろ》で、年老いた漁師という感じである。いが栗頭は銀色の毛髪が針金のようだった。

「新聞社の人かね？」

千吉は、額に皺《しわ》を刻んで笑った。どうやら、たびたび、新聞記者の訪問を受けたらしい。

「いや、違います」

「だが、昨日の自殺した男のことで、わしに聞きに来たんだろう？」

千吉は歯のない真赤な口の中を見せた。こけた顎《あご》の皮膚がたるんでいる。

「そのとおりですがね。話していただけますか？」

「知ってることは話すさ。なにしろ、あの男が飛びおりるところを見たのは、わし一人なんだからな」

千吉は得意そうだった。新聞に名前が出て、いろいろな人が押しかけてくる。ちょっと

した『時の人』である。この退屈な町の住人としては、これほど自分が話題にされること
はないはずだった。

「なんなら、二番下まで行って説明しようか」

千吉は、もうそう決めたように手拭《てぬぐ》いをバンドにはさんだ。

「いいんですか？」

新田は、一応遠慮する様子を見せたつもりだった。

「どうせ、家にいたって、猫の相手だよ」

この精悍《せいかん》そうな老人にとっては、家の中にくすぶっているのが、苦痛でさえあるのだろう。

「すみませんね」

「なあに……」

千吉は、先にたって道路へ出た。店先にいる息子に声もかけなかった。息子の方も、知らん顔ではたきをかけ続けていた。閑《ひま》をもてあましている老人の行動を、家の者は好きなようにさせているらしい。

「息子夫婦にけっこう用を足す孫が三人もいちゃあ、わしの居場所は家にないも同然だ」

千吉は達者な足どりで歩きながら、ひとりごとのように呟いた。

「お爺さん、目もいいんですか？」

新田が訊《き》いた。

「ああ老眼のけがあるがね。遠い所はよく見えるさ」

三百メートル離れた海上から、崖の上がよく見えたのは当然だった。老人は遠視だったのである。

昨日、鮎子と二人で歩いた同じ道をたどって、千吉は二番下の断崖の上に新田と初子を案内した。千吉は傘を肩に担《かつ》ぐようにして、額の汗を拭《ぬぐ》った。

目前に、小雨に煙った白っぽい海が広がっていた。昨日眺めた海とは、また違った印象だった。荒れている感じで、低い空の下の海は陰惨に目に映じた。

「わしは、あの辺に舟をこぎだしていた」

千吉は指先を海上の一点に据えた。海の上では、その一点を正確に確認することはできなかったが、三百メートル近い距離を目測して、新田は白い波を凝視《ぎょうし》した。

旅館で借りて来た番傘に、木の枝から滴《したた》り落ちる雫《しずく》がパタパタと音を立てて散った。

「どうして、お爺さん、この崖の上から人が飛びおりるのに気がついたんです？」

釣り人が何もこの崖の方を見ているとは限らない。千吉がちょうどその一瞬に、崖の上を見ていたというのは偶然すぎるのだ。

「うん。音がしたんだよ」

「音というと？」

「近ごろ町の子供たちが覚えた悪い遊びでなあ。昔の爆竹《ばくちく》みたいな花火さ、火をつけて投げるんだ。大きな音がする。わしは、こんな岬の方まで来てそんな悪戯《わるさ》するとは困った子供らだと思うて、ひょいと顔を上げて崖の方を見ると、チラッと赤いものが目先をかすめたんだ」

「赤いもの？」

「仏《ほとけ》さんが着ていたシャツの色だよ」

「赤いシャツを着ていたんですか？」

「ああ。アロハシャツっていうやつだ、赤いシャツに黒ズボンの男が、崖の途中に突っ立っている。なにしてるんだろうと思ったとたんに、いきなり海の中へ飛び込みおったんだ」

「頭からですか？」

「いやあ、気をつけの姿勢だったな」

「それから？」

「わしは慌てて、舟を崖の下へこぎよせた。だが二本の腕で動かす舟だ、だいぶ手間どったな。それでも、やっとのことでこぎよせてみると、あの岩陰のあたりに、男の死体が浮いていたよ。わしは男を舟へ引っ張り上げて、人工呼吸をやってみたが、むだだった」

千吉は話しおえると、崖の下へ向かって短く合掌《がっしょう》した。

「いくら人殺しでも死ねば仏さまだ……」

老人らしく、千吉は新田と初子に言い聞かせるように言葉を口にした。

千吉の話によって、国分久平の自殺は確定的になってきた。千吉がそれだけはっきりと目撃しているからには、国分だけを認めて、それを突き落としたもう一人の人間を見かけなかったというはずがない。

「自殺に間違いなさそうね」

初子が、番傘に黄色く染まった顔を上げた。

新田は黙っていた。黙っているよりほかはないのだ。自殺だと認めたくはないし、そうかと言ってそれを否定するだけの理由もない。

「だが、因縁《いんねん》というものは妙なものだな」

千吉が、海を見渡しながら言った。

「わしが、小梶さんを殺した男の自殺を見かけるなんて……」

「お爺さんは小梶美智雄氏と知合いだったのですか？」

「知合いというほどのものではないがね。わしのいちばんの上の孫と、小梶さんの鮎子っていう娘が、小田原の高校で同級生だったんだ。鮎子という娘は幾度か、わしの家へ遊びに来たよ」

「そうですか……」

新田は頻に初子の視線を感じた。鮎子という名前が、初子を刺激したらしい。しかし、新田は知らぬふうを装っていた。すでに新田を自分のものと決め込んでいる初子の独占欲にさからっても意味のないことだった。

「これでいいかね？」

千吉が振り返った。用はすんだかと、訊《き》いているらしい。

「どうも、わざわざありがとうございました」

新田が頭を下げると、千吉は満足そうに目でうなずいた。

「さあて、釣りの支度《したく》にでもとりかかるか」

歩き出すと、千吉は嬉しそうにそう言って笑った。

「雨が降っても、舟を出すんですか？」

「ああ。嵐でも来ない限りは、やめられんさ……」

千吉は傘の中から答えた。

「これから、どうするつもり？」

初子が小声で言った。

「小田原へ行く」

新田は命令口調で言いきった。

「鮎子さんのところ？」

「嫌《いや》ならついて来なくてもいいんだ」

「行くわ」

急に弱々しくなった初子の声だった。

新田はそれ以上言わなかった。一緒に来ようと来まいと、それは初子の自由意志であった。新田の念頭に、もう初子の存在はなかった。

小田原まで列車で戻った。幸町の小梶家に近づくにしたがって、新田は胸の中に重いしこりを感じた。鮎子の父親を殺した犯人を追及することと、鮎子に六百万円の保険金を支払うことと、どっちが彼女を満足させるのか、今の新田にはわからなかった。これから小梶家へ行って、どう鮎子に告げるべきか新田は迷っていた。

保険金支払請求の手続きをとりなさい——と言うことによって、犯人が国分久平であったことを、新田は認めるのだ。

しかし、犯人は国分ではないから、真犯人を指定できるまで保険金請求を待てと言う自信もなかった。

うなぎ屋の脇の路地は、相変わらず森閑《しんかん》としていた。雨が降っているせいか、路地は薄汚れて見えた。昨日は目につかなかったゴミ箱が、今日は不潔そうな臭気を発散させていた。

小梶家の格子戸をあけると、玄関に男ものの靴が二足、並べてあった。

「ごめんください……」

新田は、この家特有の匂いを嗅ぎながら声をかけた。

「あら、やっぱり、声でわかっちゃった」

飛び出して来た美子が、大袈裟《おおげさ》な身ぶりで両腕をひろげた。うって変わった愛想のよさである。小梶美智雄殺しの犯人がわかり、当然保険金支払いがなされることを見越して、美子は上機嫌なのだろう。美子の性格を知っている新田にはそれが見抜けたが、初子は意外な歓迎ぶりに面食らったようだった。

「どうぞ、上がってください」

美子は沓脱《くつぬ》ぎの男ものの靴を片寄せた。

「ここでけっこうです」

と、新田は美子の顔を見上げた。

「どなたか、お客さんですね」

「わたしの主人と、弟の裕一郎が来てるんです」

「そろそろお葬式ですか？」

「ええ。明日告別式をやることになっています。父を殺した犯人もわかったことですし……」

「そうですか。で、鮎子さんは？」

「鮎子は今日、東京へ行きました」

「東京へ？」

「父の告別式のことを知らせに、会社へ顔を出すんだそうです」

「はあ……」

ここへくると、鮎子にいつも会えない——新田は小さな腹立たしさを覚えた。

「鮎子がいないと、いけないんですか」

保険金のことを言ってるのだろう。美子は不安そうに顔を斜めにした。

「いや別に……」

新田は首を振った。

「ところで、国分久平という人をよくご存知ですか」

無意識に、新田の詮索欲が働いていた。ギリギリの線にまで追い詰められながら、新田はまだ縋《すが》りつけるものを手探りで求めている。

初子がホッと吐息するのを、新田は首筋に感じた。初子も、新田の執着に根負けしたというところなのだろう。

「よくは知ってません。昔は父と親しかったと話だけは聞いてます」

美子は素直に答えた。保険金の話になるまで、美子は従順であるに違いない、と新田は思った。

「国分はここへ来たことがあるんですか？」

「裕一郎やわたしが家を出てから、二、三度来たと鮎子が言ってました」

「どうです？　お父さんを殺したのが国分久平とわかって、意外だとは思わなかったですか？」

「さあ……」

そんなことにはあまり関心がないという、美子の表情だった。

「よくわからないわ。国分っていう人をあまり知らないし……」

「お父さんとは、いつごろがいちばん親しかったんでしょうね」

「軽井沢時代でしょう」

と、美子の後ろから男の声がかかった。

「軽井沢時代？」

反射的に、新田は声の主の方へ顔を向けた。背の高い青年が立っていた。髪の毛がちぢれているが、色の白い腺病質《せんびょうしつ》な顔立ちで、腕の太さだけがその虚弱さを補っていた。

「裕一郎です」

青年はピョコンと頭を下げた。想像していたほど、裕一郎は崩れた感じではなかった。むしろ気の小さそうな弱々しさが、目の動きにあった。

「軽井沢時代っていうと、戦前のことですね」

新田は裕一郎を観察しながら訊《き》いた。

「そうですね。父が業界新聞の記者をしていたころですから」

「すると、そのころ、国分も軽井沢にいたわけですか？」

「ええ。まだ国分が金持のお坊っちゃんのころだから、軽井沢の別荘でのんびりと絵を描いていたんだそうです」

「つまり、お父さんが鮎子さんのお母さんと知り合ったころですね？」

新田は裕一郎を正視したまま言った。やはり若い男だけあって、裕一郎は鮎子の母――

と言われても表情に動揺を見せなかった。

「そうですね。そういう計算になるでしょう……」

小梶美智雄と鮎子の母水江が、軽井沢で結ばれたことは、鮎子の口から聞いている。

軽井沢旧道の植木屋の娘で、時田水江と言えば知らない者はなかった美人。小梶はそのころ、ある業界新聞の記者をしていて、軽井沢に滞在している著名人に会いに行く用事が多かった。そのうちに水江と結ばれて鮎子ができた——と、新田は鮎子から聞いた話を断片的に思い出した。

だが、二十年前のこの話には、もう一人の人物が加わることになるのだ。それは、国分久平であった。国分は、小梶美智雄と時田水江の恋愛の舞台、軽井沢にいたのである。

この事実が、国分の小梶殺しに関連しているとは言えない。いやその可能性すらないだろう。しかし、新田にはこのことが妙に気になった。

国分久平と小梶美智雄は学生時代からの友だちだった。この二人の男は、その関係を終局に殺害という悲惨な形で断《た》っている。もちろん、学生時代、軽井沢時代、そして戦後の交際を通じて、まさか殺し殺されるものとは一度も想像しなかっただろう。

しかし、ただ一点だけ言えることは、小梶の人生、国分の人生という二本の線は二個所において捩《よじ》れ合っているということだ。一個所は、先妻と別れることを決意した小梶の軽井沢時代であり、もう一個所は国分が金に窮して小梶から三十万円を借りたつい最近のことである。

小梶が先妻と離婚しようとした時、そのかたわらに国分久平の存在があった。そして、今年の四月末ごろ、国分は小梶から三十万円を借りた。それも下宿の主婦に放言したように、返さなくていいと言った当然の借金なのである。

この二個所の線の捩れに、因果関係はないだろうか、と新田は思った。人生には幾度か転換がある。小梶と国分は、その重大時に限って、接触しているというような見方もできるのである。

たとえば、国分が当然のように小梶から金を借りたのは、それなりの理由があったからではないだろうか。一種の脅迫である。小梶はそれに屈服して、金を貸したとも考えられるのだ。小梶が国分に握られている〝痛いところ〟とはなにか。それが事実、あったのだとしたら、金を借りた国分が、平然としていられたのもうなずけるのである。

小梶の人生は平凡だったと見ていいだろう。業界新聞の記者、その後全通社員になる——と、いわば何百万人もいるようなサラリーマンの一生だった。その小梶が、三十万円しぼり取られる汚点を過去に残していたとは考えられない。もちろん、犯罪かそれに近い秘密を小梶が持っていたはずがない。少なくとも、小梶は日陰者のような日々を送っていたのではないのだ。

強《し》いて言うならば、小梶の軽井沢時代になにかあったのではないかということである。

このとき、小梶は彼の生涯でもっとも深刻な岐路に立ち、もっとも激しい葛藤《かっとう》を演じていたのである。しかも、身近に国分久平がいた。国分だけが嗅ぎつけることのできた小梶の汚点は、このときに生じたのではないか。

当時、国分は経済的に恵まれていた。性格も荒《すさ》んではいなかった。小梶の秘密を種に、報酬を得ようとは考えつかなかったのだろう。だが、二十年後になって生活が一変した国分は多少の悪事に不感症になっていた。そこへもってきて、借金でせっぱつまる窮余の策として小梶を脅し三十万円を都合《つごう》させた。ちょうど、小梶もそのくらいの金を都合できる地位にいた。

こう考えれば、国分が借金の返済を迫られたあげく、小梶を殺したのだという説も覆《くつがえ》すことができる。

小梶は貸した金を返せとは国分に要求できなかった。——と考えればいいのだ。返済要求をされないのに、国分が小梶を殺すはずがない。つまり、国分に小梶を殺す動機がなかったという見方が成り立つのである。

確かに捜査本部も、三十万円の貸し借りという事実に眩惑《げんわく》されているような気がする。

金の貸し借りが犯罪に結びつく例が多いからだろう。だがこのことで、もっと奥にある真相が遮蔽《しゃへい》されているのではないだろうか。

多少こじつけのきらいがあるし、すべては新田の想像である。金の貸し借り以外に、小梶と国分の間にはなんの軋轢《あつれき》もなかったかもしれない。しかし、小梶と国分の過去に着眼した思いつきを、新田は捨て去る気になれなかった。

軽井沢時代に、裕福な画家と一介のサラリーマンの間になにがあったか。小梶と水江の恋愛を、国分はどんな立場から見ていたか。新田は漠然と三角関係を考えていた。もし、そうだとして、二十年前の三角関係が、小梶と国分の死にどんな作用をしたものかわからないが、それをはっきりさせることが、二人の死に対する新田の疑惑を氷解させることでもあるのだ。

なにを考えているのか——というように、新田を見守っている初子、美子、裕一郎の顔を、彼はひとわたり見まわした。

《軽井沢へ行ってみよう……》

新田はそう思った。

捩《よじ》れた二本の線を、ときほぐすためにである、いや、二本の線が捩れているかどうかは、軽井沢へ行ってみなければわからないことだった。

3

翌日、新田は上野発十時二十分の長野行信越本線に乗り込んだ。これは会社には内密の行動だった。

調査係長には『調査未了』の連絡だけしておいた。軽井沢へ行くことは、初子にも黙っていた。言えば一緒に行くと頑張《がんば》るにきまっている。調査への意欲と言うよりは、新田との旅行をしたい気持からである。物見遊山《ゆさん》のつもりはさらさらないし、そんな気持で同行してくる初子が、新田にはわずらわしい。

新田はだれにも告げずに、軽井沢へ向かったのである。彼が真鶴を引き揚げようと言ったとき、初子は不審を感じなかったらしいし、おそらく彼女は今日あたり会社で『保険金支払いは妥当である』と報告しているだろう。

アサヒ相互生命の塚本は、その後どんな調査を行なっているかあきらかではない。塚本は彼なりに独自の行動をとっているのだ。

汽車は混んでいなかった。あちこちに空席も見えている。東海道線とはちがって、乗客たちの表情にも間のびした安らぎがあり、汽車の鈍速に似つかわしく無感動な目が、変わり映えのしない窓外の風景へ向けられていた。

軽井沢には十三時四十分に着く。約三時間二十分の怠惰な時間があった。

余裕があれば、車で碓氷峠《うすいとうげ》越えをしてみたかった。一年ほど前に、あの白い闇のような霧に包まれた碓氷峠を上ったことがある。舗装道路は何十回となく急角度に曲折していて、白い海のような霧に鎖《とざ》された谷底を左側に見ながら、車は警笛を鳴らしっ放しで走ったものである。

決して花やかさや壮大さのある風景ではなかった。だが、新田はこの霧の碓氷峠に魅力を感じた。一種の戦慄に似た美しさがあった。ふと、霧に濡れた路上に冷たく横たわった金髪女の死体――を想像したくなるような、そんな道路が続いていたのを記憶している。

霧の碓氷峠など想像もつかない、単調でカサカサと乾いている風景が、横川《よこかわ》あたりまで少しも変わらずに続いていた。

新田は、疲れ果てたというような中年男が前の席で、しきりとポケットを探っているのを眺めながら、国分久平のことを考えていた。

かつては資産家の息子であり、軽井沢の別荘で絵を描いていられた国分が、一生妻子も家庭も持てずにペンキ屋で働きながら、ひとり真鶴岬で死んで行った。

運命の前にはこうも脆《もろ》い人間ということに、感慨を覚えるようなことはなかったが、新田は国分を悲惨な男だと思っていた。

五十近い国分が赤いアロハシャツを着て死んだのも哀れなような気がする。いかにも絵描きというスタイルを保って死んで行ったのではないか。国分は、自分が一人前の画家であるという自負を、最後まで捨てきれなかったのだ。そこに、彼のお坊っちゃん育ちの甘さがあり、零落した孤独な男の自己満足が感じられて、惨《みじ》めだった。

新田は、なぜ国分久平が小梶殺しの犯人とされたか、そしてなぜ彼の死は自殺と断定されなければならなかったか——この二点について、最初から考えなおしてみようと思い立った。

どうも、国分久平が犯人であるという先入観と前提に立って、推理を進めているような気がするのだ。捜査本部の見解によると、その感が深かった。ちょうど、国分は犯人ではなくむしろ被害者だと考えようとする新田と同じように、捜査本部の見方にも一つの信念のようなものが感じられるのだ。つまり、国分は犯人であってはならないという新田と、国分は犯人でなくてはならないという捜査本部なのである。

国分久平が犯人とされた根拠は六つある。

国分が小梶に三十万円を借りていたこと。国分にそれを返済する意志はなく、小梶からは催促の手紙が幾通も来ていたこと。国分なら小梶をどのような場所へでも誘い出せたこと。小梶殺しの現場にカトレヤ靴店の靴ベラが落ちていたが、国分も最近買ったばかりのカトレヤ製品の靴をはいていたこと。国分にアリバイがないこと。そして、遺書を残して自殺したこと。これだけ揃っている。

だが、この六つの根拠は絶対に国分だけの意志によってのみ現象となって表わされるものばかりではなかった。換言すれば、この六つとも国分以外の人間の作為によってもお膳立てできることなのである。

新田は目の光を強めた。確かにそうである。解釈のしようによっては、この六つの根拠に絶対的な価値がなくなるのだ。

第一点目からやってみよう、と新田はバックシートに背をずり上げた。

(まず、国分が小梶に三十万円を借りていたことだが……？)

新田は自問した。

(国分が金を欲しがっていたことは事実だろう)

もう一人の新田が答えた。

(そうだ。しかし、国分がみずからの意志で強引《ごういん》に借金を迫ったのかどうかは疑問だ)

(小梶に借金を断わりきれない弱味があったかどうかだ)

(おそらくあったのだろう。だから、稼ぎもないとわかっている国分に三十万という大金を都合してやっている。だが、これにも小梶にぜひ貸してやれと口添えした者がいたかもしれない。国分に小梶殺しの動機があったと見せるためにだ）

（それが犯人ということになるだろう）

（そうだ。犯人は小梶を殺し、それを国分の犯行と見せかけ、次に国分の口を塞《ふさ》ぐという計画だったのだ）

（次の、国分に借金を返済する意志がなく、小梶からは催促の手紙が幾通も来ていたことだが……？）

（これも簡単だ。犯人は小梶には貸した金の催促をしろと言い、国分には返す必要がないと吹き込んでいたのではないか）

（三点目の、国分なら小梶をどこへでも誘い出せたことは……？）

（これはそのとおりだ。同時に、犯人も小梶をどのような場所へでも連れ出せる人間だということになる。四つ目の、カトレヤの靴ベラのことは、あきらかに小細工《こざいく》という感じだ）

（カトレヤでは、国分が靴を買いに来たと証言し得なかったはずだ。一日何千人という客がくる。どんな人間がどの靴を買って行ったかを思い出すのは不可能だそうだ）

（国分は貧しくとも、靴ぐらいはカトレヤあたりで買えただろう。犯人は国分から靴ベラをもらい受けたか、かすめとったかして、小梶殺しの現場へ残して来た。あとで、カトレヤの靴をはいていた国分を犯人として強調するのが狙《ねら》いだったのだろう）

（五点目はアリバイだ）

（国分のような生活をしている者に、確定的なアリバイを求めるほうが無理だ。しかも、国分自身は死んでいる。彼の口からアリバイを問いただすことは不可能ではないか）

（最後の、遺書を残して自殺したという点は……？）

（おれは最初から、国分の死が自殺であるような気がしていない）

（しかし、自殺するところを海上から加瀬千吉という老人が目撃した。それに加えて、国分の筆跡による遺書があった。国分の自殺だけは疑う余地がない）

（しかし、彼の自殺を認めれば、犯人はほかにいるという考え方は成り立たない）

（疑うとすれば、あの遺書だ。あまりにも簡単な内容だし、どうも遺書という形をなしていない）

（そうだ――）

　新田は自問自答を中断した。そう考えてみれば、あの遺書はあっけにとられたくらい、粗末でお座なりのものだった。まるで、留守中に放り込んであったご用聞きの言伝《ことづて》みたいなものであった。

新田は、高良井刑事に見せてもらった国分の遺書の写しを思い出した。別に暗記しようと努力したわけではないが、メモ程度の遺書の全文は、はっきりと記憶していた。

『たいへんご迷惑をおかけしました。申しわけないと思っております。二度とこんなことをしないためにも、また生まれかわるつもりで、永遠の決別を告げます。国分久平』

一読して、遺書であることはあきらかだ。こんな事件を引き起こして、非常に申しわけない。そして、同時に自分という人間に絶望したから、この世に永遠の決別を告げる、というような意味である。

だが、見方によっては曖昧《あいまい》な手紙でもあった。小梶を殺したとも、自分は自殺するとも、明言はしてないのだ。

これを遺書だと確認したのは、国分が小梶殺しの容疑者であり、彼が自殺したものと断定されたからではないか。

新田はこの手紙をもっと細《こま》かく分析してみる必要があると思った。

手紙というものは、書いた人間の環境や受け取り方の違いによって、どうにでも解釈できるのだ。

たとえば、非常に簡単な例だが、新婚の妻が『泣きたいくらいだ』と書いたのと、病床の女が『泣きたいくらいだ』と書いたのでは、表現された言葉は同じでも、前者は幸福のあまり『泣きたい』のであり、後者は悲しんで『泣きたい』のである。

国分の場合も、そんなふうな考え方が当てはまらないだろうか。

まず、国分に自殺する意志はなかったものとして、どんなつもりでこの手紙を書いたのか推測してみればいい、と新田は思った。

遺書と思われる手紙は、だれを対象として書かれたものだろうか。真実、遺書だったとすれば、その対象は捜査当局あるいは世間全般に違いない。それにしても、あて名がはっきりと記されていないことも疑えば疑えるのである。

国分はこの手紙を、なにかの交換条件として第三者の意志通り書かされたのではないか、とも考えられる。

とすれば、例の三十万円の借金である。あの三十万円を帳消しにしよう。ただし今後のこともあるから一札入れてもらいたい、と要求されれば、国分はそのとおりにしただろう。

《間違いない》

ふと、新田は昨日真鶴署で遺書の写しを見せてもらっている時に高良井刑事が口にした言葉を思い出した。

「しかし、本物はもっと丁寧に書いてありましたよ。証文みたいに堅い字でね」

刑事はそう言っていた。

国分は、一種の証文のつもりで、この一文を書いたのではなかったか。対象は、捜査当局でも世間全般でもなく、金を借りた相手の小梶美智雄だったとしたら——。

『無理をお願いして迷惑をかけました。申しわけないと思っています。今後は二度とこんなお願いはいたしません。生まれ変わったつもりで一生懸命働きます。その意味で、あなたの目の前には永遠に姿を現わしません。

小梶美智雄様　　国分久平』

こう書けば、表現こそたいして変わらないが、手紙の意味はまったく違ってくるではないか。国分が永遠に決別を告げたのは、この世ではなく、小梶との友人関係ではなかったろうか。

新田は視線を上げた。

ポケットを探っていた前の席の男は、その目的物を見つけ出したらしく、もう落ち着きはらっていた。男は汽車の切符を大切そうに掌《て》に包んでいた。男が探していたのは、どうやらこの切符だったようである。

国分の置き手紙は、やはり遺書ではなかったという確信が深まって来た。いや、あれは手紙ではなく、また国分が自分で二番下の断崖の上に置いたものでもなかったのだ。

犯人は、小梶から借りた金を帳消しにさせてやるというような口実を設けて、証文代わりにあれだけの文章を書かせたのである。内容は突飛《とっぴ》なものではなく、国分自身も納得できる文章だったから、彼はなんの不審も感じないで書いただろう。国分にとって、三十万円のただどりは大きな魅力でもあったからだ。

　それで、国分はあの金は返さなくても大丈夫だと言っていたのだ。

　一昨日の夕方、国分を二番下の断崖から突き落とした犯人は、その証文代わりの手紙を、さも遺書というように崖の途中に置いたのである。

　新田の胸に、空《むな》しさが襲って来た。小梶を殺し、そして、国分をも殺した犯人が確かに存在している。しかし、その犯人は影のようなものだけをちらつかせながら、いっこうに輪郭を見せないのである。

　それを探し求めようとする自分が、ひどくむだ骨を折っているような気がする。探し出して、その結果にいったい何があるのだろうか。まるで、すぐ散らかる部屋を熱心に掃除しているような思いだった。

「失礼ですが……」

　前の席の男が乗り出して来た。

「今、何時でしょうか？」

「十二時五十分です」

時計を見ながら、新田は答えた。

「すると、まもなく横川ですな」

男は卑屈な笑いを見せて、幾度も頭を下げた。

男の言うとおり、汽車はまもなく横川駅に到着した。昼飯の時間である。名物の釜飯《かまめし》弁当が、あちこちの窓で売れていた。

新田も釜飯弁当を買ってみる気になった。だが、前の席の男は弁当を買おうとする気配を見せなかった。一人で食べるのも勝手が悪いと思って、新田は弁当を二つ買った。

「いかがです？」

新田は、男に小さな釜にはいっている弁当をすすめた。もし、失礼だというように男が怒ったら、さっさと引っ込めるつもりだった。

だが、男は怒らずに恥じらいを見せて恐縮しただけだった。

「いやあ、これは……」

男は弁当を両手でおしいただいた。

「食べてみたいとは思ったのですが……。なにしろ、長旅なもんで、食べたいと思うたびに駅弁を買っていたら懐《ふところ》の方がもちませんからねえ」

「はあ」

新田は、男の話にはとり合わずに、駅弁の包みを開いた。

「わたしは、北海道から参りましてね。東京へ寄ってから、今度は長野まで行くんです」

「ご商売ですか?」

「とんでもない。商用なら旅にももっと張りがありますよ。北海道の釧路《くしろ》で小さな印刷工場をやっていたんですが、先日火事で焼け出されましてね。女房子供はひとまず長野の実家へ預けて、わたしは東京の親戚知人を頼って再起の資金ぐりに走りまわったのですが、とうとうだれにも相手にされず、刀折れ、矢つきて、長野へ帰るというわけです」

「ほう……」

「むだなことばかりです。人生を振り返ってみると、人間ってものはむだなことばかりしているもんですね」

そう言って、男はやっと弁当に箸《はし》をつけた。

前こごみになって、釜飯弁当に舌鼓を打っている男の姿は無心であった。だが、その無心さには敗北者の哀愁《あいしゅう》が滲《にじ》み出ていた。新田は国分久平を連想した。国分がどんな男か知らなかったが、きっとこの目の前にいる男に似ていただろう、と思った。

窓から、白い霧のベールに被われた碓氷峠が見え始めていた。

人間はむだなことばかりしている――新田は目を閉じて、全身を汽車の震動に委《ゆだ》ねた。

4

軽井沢の駅前にたたずむと、周囲の風景はふと映画で見たアラスカの鉱山町を思わせる。道がだだっ広く、流れる霧の切れめから、木柵に囲まれた家が覗いたりする。家や人の数に比して、山や樹木の茂みが多く目に触れる。

牧歌的で洗練された避暑地という感じは、軽井沢の町の中へはいってからするものであった。

まだ避暑客が集まってくる時期には早かった。昼間はともかく、夜になれば炬燵《こたつ》が欲しくなる気候である。別荘はほとんど借り手がついてしまっているが、借り主たちは、まだ暑い東京で軽井沢での生活を想像している、といった時期なのだ。

軽井沢には番地がない。別荘の住人を尋ねる時は、別荘番号というものが番地の役目をするし、この土地の人を訪れる場合は名前だけでも教えてもらえるからだ。

新田は駅前の交番で、二十年ほど前に軽井沢旧道に時田《ときた》という植木屋があったはずだが、と訊《き》いてみた。

しかし、若い警官は地図や帳簿のようなものを調べた末に、

「見あたりませんねえ」

と、静かに首を振った。

「ないと言うのは、現在住んでいないということですね?」

新田は、ワイシャツの上に上着を着込みながら念を押した。

「そりゃあそうですが……。ざっと調べたところ、軽井沢町には時田と名乗る人間がいないようですよ」

警官は気の毒そうに答えた。

二十年前の話である。小梶の亡妻水江の父親が生存しているという期待はなかった。しかし、水江の姉妹なり、血縁関係者なりが軽井沢で生活しているだろうと、新田は頭から決めこんでいたのである。

警官が、軽井沢に時田姓を名乗る者はいないようだと言うからには、水江の血縁者を見つけることは容易ではなさそうだ。

だが、大都会とは違って、土地に住みついたものが簡単に移住することは少ない。一家が死に絶えた場合は別だが、水江の姉妹が土地の男に嫁《とつ》いで、違う姓を名乗っているということも考えられる。

水江の父親は植木屋だったという。植木屋という職業から推《お》しても、その土地に商売の基盤を持っていたはずである。行商とか工事現場の従業員のように、一定期間だけ、軽井沢にいたわけではない。植木屋という商売は、土地に密接な関係がある。腕を見込まれ、恒久的なお得意先を持っている職業としては、代表的なものだ。

結局、だれか縁者がいるだろうという判断で行動するより仕方がなかった。

新田は交番を出て、駅前から直線にのびている道を歩いた。軽井沢旧道というのは、この方向へ行くのだそうである。

霧はやや薄らいだが、その流れ方に早さが加わった。雨が降っているわけでもないのに、家の屋根や黒っぽい土の道が濡れているように光っていた。

バスの停留所の小屋のなかに、登山の服装をつけた若い男女が数人屯《たむろ》していた。これから東京へ帰るのだろう。『東京渋谷行長距離バス発着所』と、小屋に看板がかかっていた。

二十分ほど、ぶらぶらと歩いた。東京の繁華街も顔まけ、と噂される賑やかな通りにはぶつからなかった。

乗馬用の馬が柵の中に放し飼いされているのも、いかにも高原らしい感じだった。青空が見えないのに、少しも陰気な視界ではなかった。新田は、荒涼とした真鶴岬とは対照的だと思った。

自転車に乗った五、六人のアメリカの少年少女に出会った。彼らは口々になにかを喚《わめ》きながら、全速力で新田のかたわらを走り抜けて行った。半ズボンから剝《む》き出しの少年の脛《すね》と、軽《かろ》やかになびいた少女の金髪が、新田の印象に残った。

やがて、霧を吸い込んで膨張《ぼうちょう》したような樹木が、黒っぽく盛り上がり始めた。山鳩の啼《な》き声が、呼応するように聞こえてくる。それが山の懐《ふところ》の深さを感じさせた。

東京の郊外の静けさとは、また違った静寂があった。音がない静けさではない。ただ、人工音が少ないだけである。自然の音は、むろん都会より多かった。それでも、それらの音が気にならないのは、空が広いせいなのだろう。

新田は、大きな修道院の前で足をとめた。修道院の広い芝生を掃除していた黒服の尼僧たちが、チラッと新田の方を見やった。どの尼僧も白人ばかりだった。

修道院の筋向かいに、『浜部《はまべ》水道工事店』と看板に書かれた家があった。新築の近代的な建物ではなく、普通の商店に母屋が棟続きについているというような家だった。

別荘地には水道工事店がつきものだ。新しく別荘を建てる人から、水道設備の工事を請け負うだろうし、水道の故障にも気軽に応じてくれる機関が少ないからだ。家の古さから言っても、この浜部水道工事店は長らく軽井沢で商売しているのだろう──と、新田は見当をつけた。

軽井沢旧道と言えばこのあたりだそうだし、番地もないからには、ただ時田と言って尋ねまわる以外に方法がなかった。

新田は、浜部水道工事店の店先に立った。薄暗い土間に、銀色の鉄管や白いタイルが浮き上がって見えた。

「どなたでしょう？」

新田が声をかける前に、赤ん坊を背負った若い女が土間へおりて来た。

「ちょっと、お尋ねしたいことがあって、東京から来た者なんですが……」

「どんなことでしょうか？」

若い女は、はきはきしていた。土地柄なのだろう。悪く言えば人ずれしているのだし、よく言えば都会人のように事務的なのである。

「失礼ですが、あなたは……」

この家の人か、と後に続ける言葉を、新田は胸の中で言った。

「ええ。この家の長男のところへ来た嫁ですが……」

長男とか嫁とかいう言葉を使うところが、やはり地方の因習を思わせた。

「すると、あなたのご主人のご両親が、おいでになるわけですね？」

この女の若さから言って、長男というのもそれほどの齢《とし》ではないだろう。長男の両親があっても不思議ではない。また、その両親がいてくれなければ、二十年前のことはわからないのである。

「ええ。父も母もおりますけど……？」

「そうですか」

女の返事に、新田はホッとした。

「今、お手すきですか？」

「たぶん。でも、父か母でなければいけないのですか？」

女はちょっぴり不満そうだった。自分が相手にされないことで、嫁というものの立場を意識したのだろう。

「実は二十年前のことで、お尋ねしたいので……あなたでは」

「そうですか。じゃあ、ちょっとお待ちになってください」

女は軽くうなずいて、奥へ引っ込んだ。なにか言いかわしている低い声が聞こえて、人が立ち上がる気配がした。

「ご用件はなんです？」

上がり框《がまち》へ小柄な男が出て来て、無愛想に言った。男の口からだいぶ離れた空間で、たばこの火が赤く瞬《また》いた。男はパイプに差し込んだたばこをくわえているらしい。

「わたしが浜部ですがね」

「協信生命の新田という者ですが……」

「なにかを尋ねに、東京から来られたんですって？」

「ええ」

「まあ、こっちへおはいりなさい」

浜部はそう言って、自分も上がり框にあぐらをかいた。新田は土間《どま》を横切って、浜部に近づいた。ニッカズボンをはいて、浜部はいかにも職人というタイプの男だった。癇《かん》が強いのか、こめかみのあたりが絶えずヒクヒクと動いていた。六十過ぎであることは一目で察しがついた。すると、浜部は小梶や国分よりも十一、二は年輩だということになる。水江の父親を記憶してないはずはなかった。

「二十年前のことをお訊《き》きしたいのですがね……」

「二十年前っていうと……」

浜部は目だけを上に向けて、天井に半円を描いた。二十年前と切り出されても、とっさに、いつごろのことなのか見当をつけられなかったのだろう。

「太平洋戦争が始まるころのことです」

「ほう。そりゃあだいぶ昔のことだ」

「そのころ、このあたりで植木屋さんをやっていた時田という人をご存知ないですか？」

「植木屋……時田……。ふん、音さんのことだ」

「音さん？」

「時田音次《おとじ》。一徹者で有名な頑固親爺《がんこおやじ》だったですよ。このすぐ近くに住んでいたんだっけな」

「それで、その人は……？」

「もちろん死んじまったよ。戦争中だったかな。わたしよりは十五、六年上じゃなかったかなあ」

「じゃあ、家族の方たちは？」

「それが、だれもいないんですよ」

「娘さんが一人だけだったんですか？」

「父娘《おやこ》二人きりだった。女房は若い時に失くしたんだけど、音さんみたいな気むずかし屋に、後妻なんか来手《きて》がなかったからね。植木だけにうち込んだ男だったですよ。しかし、頑固なのも良し悪《あ》しでね。最後はどうも芳《かんば》しくなかったな」

「どういうふうにです？」

「脳溢血でぶっ倒れたときは、だれも気がつかなかったし……。近所の有志で葬式らしいものを出してやったという話だけど、たった一人の娘にさえも線香一本立ててもらえなかったんだからねえ」

「娘さんに知らせようにも、どこへ行ったのか連絡する先がないからでしょう」

「音さんはね、親を捨てて軽井沢から出て行った娘に用はないって、最後まで意地を張り通したんだね」

「その娘さんと結婚した男を覚えていらっしゃいますか?」

「さあ……そいつはわからない。わたしは昔から硬派でね。あまり人の色恋には興味を持たなかったほうだから」

浜部は苦笑しながら、家の奥を振り返ってどなった。

「おい！　お前、時田の音さん覚えているだろう！」

浜部は彼の妻に尋ねているらしい。

「植時の音さんのことですか?」

割烹着《かっぽうぎ》をつけた五十がらみの女が出て来て、浜部の背後に横ずわりになった。これが浜部の妻なのだろう。

浜部の妻は、新田と挨拶をかわそうともせずに、運んで来た銀盆を新田の前へ押しやった。銀盆には、ビールにコップが二個伏せてあった。

「あの音さんに娘があったろう?」

浜部は妻に言って、自分の前にあったコップにビールを注ぎ、それから新田にもすすめた。

「水江さんでしょう?」

そんなことは知らない方がおかしい、というように、浜部の妻は肥満した身体をゆすり上げた。

「そうそう、そんな名前だった」

「後にも先にも、あれだけの美人は軽井沢にいなかったもの」

と、浜部の妻は、新田の方へ向きなおった。

「そりゃあまあお人形みたいな人でしたよ。顔形ばかりじゃなくて、まるで、自分の気持なんてないみたいにおとなしい性質でね。ただ、どんなに辛いことでも黙って耐えている代わりに、男からこうしようと言われれば、そのとおりになってしまう……そんな陰口はたたかれていましたけど。でも、貞操観念がぜんぜんなかったなんて人じゃありませんよ」

水江に関しては、五味志津や鮎子からも聞かされている。その美しさも一種の白痴美であったろうし、自分の意志というものを持ち合わせていない女だった——と、想像はすでについていた。

おそらく、水江は、小梶の積極的な求愛に引きずられて、父親音次の気持にさからい、軽井沢を飛び出したのだろう。そのころ、水江は鮎子をみごもっていたせいもあったろうが、競馬の馬のように一途《いちず》に直線コースを走ったに違いない。

「いや、この方はね、水江さんと結婚した男のことで尋ねに見えたんだよ」

浜部は、コップを持った手を、自分と新田の間に往復させながら説明した。

「その男の人について、ご記憶がありませんか?」

新田も、そうつけ加えた。

「男の人ねえ……」

浜部の妻は、語尾を溜息《ためいき》にして考え込んだ。年齢を逆算すると、小梶と水江が結ばれたころ、この浜部の妻もまだ三十前後の女であったことになる。目の前にいる彼女の二十年前を考えると、初対面の新田でもなんとなく妙だった。

時間の経過と人間の変貌――このしごく当然なことでも、とくに考えてみると不思議なものだった。

「小梶美智雄という男なんですがね」

新田は、思いなおしてそう言った。

「小梶ねえ……なにしろ、ふた昔も前のことだから……」

「では、国分という名前に聞き覚えはありませんか？　この付近に別荘を持っていた金持らしいんですがね。小梶はその別荘へよく来ていたという話でした」

「国分って……お父さん、生糸《きいと》の貿易商だった、あの国分さんと違う？」

浜部の妻が、口を半開きにしたまま、そうだろう、と言うように顎をひいた。

「ああそうだよ。音さんの家の並びにあった別荘。戦前はえらく景気のよかった生糸商の国分さん」

浜部は続けざまに膝を叩いた。

「あの別荘には音さんも出入りしていたし、おれもちょいちょい呼ばれたよ」

短い間、浜部は目を細めた。よき時代への懐旧の色が、その目にあった。

「そこの息子で、国分久平っていうのが別荘に住んでいたはずなんですが？」

記憶の糸がしだいにほぐれて行く手応《てごた》えを、新田はじっくりと味わいながら、誘導を続けた。

「絵を描いていた息子だ」

「絵描きさんでしょう」

浜部と彼の妻は、同時に言った。

「そうです。その国分久平の友だちなんです、小梶っていう男は。それで別荘へたびたび来ているうちに小梶は水江さんと結ばれたというわけです」

「そう言えば、小梶さんっていう男の人を見かけたような気がしますよ。もちろん、顔なんて、もうすっかり忘れちゃいましたけどね」

やはり、男に関する記憶は女に残っているものだった。情事の噂にも女の方が敏感である。その当時、小梶と水江の関係に浜部の妻も関心を持ったことがあっただろう。

「それでですね……」

新田は、泡の消えたコップのビールに視線をとめていた。

浜部夫婦の記憶に、小梶、水江、国分の三人が七分どおり甦《よみがえ》ったようである。これで、肝心な質問ができるわけだった。

「当時、小梶と水江さんが、どのようにして結ばれたか。それに、国分は二人とはどんなふうに接触していたか、を思い出していただきたいのですが……?」

新田は、その肝心な質問にはいった。だが、彼が望んだような返答は得られなかった。

浜部夫婦は、たがいに顔を見合わせた。言い渋っているのではなく、そっちは知っているのかと尋ね合っているようだった。

「どうも、そのへんになるとねえ」

まず浜部が口を開いた。

「水江さんと気安く口をきき合っていたという間柄でもなし……」

「あたしも、ただ遠くから眺めていただけだから」

夫婦は言い合わせたように俯《うつむ》向いた。

知らないと言われれば、それっきりだった。彼らは別に隠しているわけではない。新田は唇を嚙《か》んだ。電話をかけた相手がいないとわかっても、取次ぎに出た人がなんとか言ってくれないかと、すぐ電話を切る気になれない——あの時の気持と同じだった。

「そのことについて詳しく知っているような人を、どなたかご存知ありませんか？」

結局、新田はそう訊《き》いてみるより仕方がなかった。

「節子《せつこ》さん、どうかしら？」

「軽井沢ビヤガーデンのかい？」

「そう」

「知ってるかな」

「まあ、現在、軽井沢にいて、水江さんといちばん親しかった人と言えば、節子さんだと思うけどね」

「じゃあ、教えてやれよ」

浜部夫婦は囁《ささや》き合うように相談していたが、

「あのう、ね……」と、浜部の妻の方が新田を見上げた。

「笠間《かさま》節子っていう人がいるんですけどね。その人、今は軽井沢ビヤガーデンというところの、サービス係の責任者やっているんですが、昔は水江さんの友だちだったんです。水江さんも節子さんにはなにかと相談したかもしれないし……行ってごらんになったらどうです」

「笠間節子さん……」

「と言っても、もう四十過ぎで、痩せて背の高い人ですよ。この人は、軽井沢の小さな旅館の娘だったんですけど、旅館がつぶれてしまって、そのまま独身で通しているんです」

「どうもありがとうございました」

「浜部から教えられて来たと言えば、気安く話してくれますよ」

「わかりました」

新田は、軽井沢ビヤガーデンの場所をよく聞いてから浜部水道工事店を出た。浜部の妻は、店の外まで出て来て、ビヤガーデンの方角を教えてくれた。断わらなければ、だれかにビヤガーデンまで送らせかねないほどの親切さだった。浜部夫婦は、軽井沢の昔を知ろうとして来た新田に好感を持ったのかもしれない。自分の思い出を甦《よみがえ》らせてくれた人には、以前からの知合いのような親密感を覚えるものなのである。

軽井沢ビヤガーデンは、浜部の家からそう遠くはなかった。愛宕山《あたごやま》という丘陵の斜面にひろがった自然庭園である。高級社交場に利用されるところのようだった。白樺で組んだ木柵が続き、クリーム色の瀟洒《しょうしゃ》な建物が庭園のあちこちに点在していた。駐車場の周囲には、雪洞《ぼんぼり》をかたどった夜間照明用の電灯が並んでいる。

丘陵は半ば霧に霞んでいた。霧の一部が裂《さ》けていて、そこに青い空が覗いていた。ほんの少し見えている空の青さは、目にしみるように鮮烈だった。新田は別荘の間を縫っている道を、ビヤガーデンの門へ向かって歩いた。どの別荘の門柱にも、著名人が住んでいるのか、いろいろと悪戯書《いたずらが》きがしてあった。

軽井沢ビヤガーデンは、もちろん、予約制なのだろう。だれでもはいって行って飲めるような、ビヤホールとは違うらしい。自然庭園には人影がなく、駐車場に乗用車が二台とめてあるだけだった。

新田は門をはいり、手近な建物へ向かった。靴の下で白い砂利が鳴った。案内のような掲示板があったが、半分以上が横文字だった。新田はめんどうで読む気になれなかった。

その建物の入口を覗いてみると、総ガラス張りのドアの中に、ホテルのフロントのようなところが見えた。

新田は躊躇《ちゅうちょ》なくドアを押した。すると、まるではいってはいけないというように、制服のボーイが大股に近づいて来た。

「どちらさまです？」

「人に会いに来たんですけど……」

「予約の方は？」

「別にない」

「予約がないお客さまは、お断わりすることになっておりますが」

「客じゃないよ」

「は？」

「笠間節子さんに面会に来たんだ。確か、サービス係の責任者だった」

と、新田は皮肉に表情を歪《ゆが》めた。

「はい。すぐ連絡します。恐れ入りますがお名前を……？」

「浜部さんの紹介で来たと言ってくれればいいと思うよ」

「承知しました」

急に態度を改めて恐縮しているボーイが気の毒になった。ここの客は外国人がほとんどなのだろう。外人ばかりに接していると、つい同国人を一段見くだすようになるのは、日本人の特質らしい。

新田はソファに腰をおろした。磨き込まれた床が鏡のようであった。靴が大きく、そして顔は小さく新田が逆《さか》さまに映っていた。

この巨大な鏡の端から、純白のスーツを着た女の姿がはいって来た。白いハイヒールは、鏡を横切って新田がすわっているソファへ近づいてくる。その靴音が高くなったところで、新田は顔を上げた。

化粧気はないが、清潔そうに歯の白い中年の女が、微笑《ほほえ》みを投げかけて来た。それはごく自然的な歓迎態度だった。作り笑いでないことは、目も笑っているのですぐわかった。なるほど、サービス係の責任者だけはある、と新田は思った。他人に不快感を与えずに、なんとなく親近感を覚えさす技術に年季《ねんき》がはいっていた。

「浜部さんから、わたしのことをお聞きになったそうで？」

笠間節子は一礼して言った。わたくし、とは言わずに、わたし、と言ったのも、場所が場所だけに気どりがなくって感じが良かった。

「協信生命の新田と申します。あなたにお伺いしたいことがあって……。お忙しいところをすみません」

新田はソファから立ち上がった。

このとき、カウンターで電話が鳴った。

「笠間さん、お電話です」と、ボーイが節子を呼んだ。

「ちょっと失礼……」

節子は新田に笑いかけながら、カウンターの方へまっすぐ歩いて行った。

節子は、流暢《りゅうちょう》な英語で電話に応じていたが、話を簡単にすませると、すぐ新田のところへ戻って来た。

「野暮用《やぼよう》ばかり……」

節子はそう言って、男のように笑った。四十過ぎだと浜部の妻が言ったが、容貌の美醜はともかく、底抜けに気が若そうなのは節子が独身のせいだろうか。

「ところで、ご用件は？」

節子は真顔に戻って訊《き》いた。

「古い話で恐縮なのですが、二十年前のお知合いで、時田水江っていう人のことを覚えていらっしゃいますか？」

「水江さん。覚えてますとも。あの人はなにも言わない女らしい人、わたしは男みたいにガサガサしていたから、昔はとても気が合ったんです」

「水江さんと結婚した男のことは、ご存知ないですか？」

「ええと、確か小梶さんといったかしら。製紙業の業界新聞の記者かなんかしていた人だったと思うんですけど」

「そうです」

新田は、内心しめたと思った。浜部の妻が言ったように、笠間節子は水江に関してだいぶ詳しいらしい。それに、記憶の方も確かなようである。

「では、国分久平という人は、いかがですか？」

「覚えてます。あのころ、わたし、水江さんからいろいろ聞かされましたが、小梶っていう人も、それから国分さんも、その当時に知り合いました」

「ズバリ言ってどうです？　そのころ、小梶、水江、国分、の三人は三角関係にあったと思いませんか？」

「三角関係ねえ……。水江さんは最初、国分さんと親しかったんですよ。国分さんは軽井沢の別荘に住みついていたようなものだったし、水江さんのお父さんが国分さんの別荘へ出入りしていたから……」

「そこへ、小梶が現われたのですね？」

「そうなんです。あれはね、昭和十六年の八月七日でしたわ」

「なにがですか？」

「小梶さんと水江さんの劇的な出会いですわ」

「ほう。二十年前のことを、ずいぶん正確に覚えていらっしゃる」

「わたしの姉がお産した日なんです。つまり、わたしの甥《おい》の誕生日が、小梶さんと水江さんの初対面の日なんです。だから忘れっこありません」

「その劇的な出会いの場に、あなたもいらしたわけですか？」

「ええ。国分さんの別荘の庭に、わたし水江さんと一緒におりました。わたし、姉のお産が怖《こわ》くて家に落ち着いていられなかったからです。そこへ、国分さんを訪ねて、小梶さんが見えたのです。いまでも目に浮かびます。水江さんを見た瞬間、小梶さんはビクリと身体を硬《こわ》ばらせたっきり、しばらくは動きませんでした。その瞬間から、小梶さんは水江さんなしでは生きて行けなくなったのだ、と後日話してくれましたけど」

新田は妙な錯覚に陥《おちい》っていた。小梶や国分、水江、それにこの節子までが、現在も熱情と恋を謳歌《おうか》している青春の群像であるような気がして来たのだ。

「それからしばらくは、水江さんが悩んでいたようですね。たぶん、水江さんは国分さんの方を愛していたのでしょうね」

節子は話を続けている。新田も、そんな錯覚を振り払うようにして、節子の筋ばった手の甲をみつめた。

「国分の方は、どうだったのです？」

「その気はなかったでしょう。わたしの知る限りでは、国分さんは水江さんに対して冷淡でした。あのころで言えば身分違い。しょせんは水江さんも国分さんとの結婚を望めなかったでしょうけど……」

「それで、やがて水江さんは国分を諦め、強引《ごういん》に求愛を続けていた小梶と結婚した」

「というところでしょう。恋愛感情ばっかりは当事者でないとわかりませんから、わたしの申しあげたことも想像ですけど」

「すると……」

「ええ。三角関係とは言っても、憎悪とか敵意というものが生ずるような三角関係ではありませんね」

「そうですか……」

これで、新田の質問はすべて出しきったことになる。彼は窓の外の広大な庭園を眺めて沈黙した。

「水江さんが小梶さんと軽井沢から姿を消したのは、その年の十月末だったわ」

初めて節子が感情をこめた口調になった。二十年前の回想に、彼女もふと感傷的になったのだろう。

「それっきり、水江さんには会ってませんけど……小梶さんと結婚したんでしょうね？」

すぐ節子は新田の方へ向きなおってそう訊《き》いた。

「その年の十二月七日に、正式に結婚したそうですよ」

「そりゃあよかったわ」

と言ってから、節子は気がついたように新田の顔をまじまじと見た。

「お尋ねするのを忘れてましたけど、あなたはなんのために、そんなことを調べにいらしたのです？」

「小梶氏の生命保険のためですよ」

「生命保険に、二十年前の出来事なんかが関係しているんですか？」

「ええ。まあ……」

小梶が殺されたことを、節子が知っていないと思うと、新田は説明するのが億劫《おっくう》だった。曖昧《あいまい》に笑ってごまかしておきたかった。

しかし、それがかえって節子の興味を呼んだらしい。斜めにそろえていた膝を、節子は新田の方へ押し進めた。

「水江さんは……どうしてます？」

「五年前に病死したようです」

「亡くなったんですか……」

「小梶氏も国分氏も死にましたよ」

それだけ言って、新田は立ち上がった。そのことが、節子に実感として響かないうちに、ここを逃げ出すつもりだった。

「どうも、お手数をかけました」

口早に告げると、新田は大股に歩き出した。ビヤガーデンの門を出るまで、新田は後を振り向かなかった。笠間節子も、そして軽井沢の風景も、東京へ帰る新田にとってはもう無用のものだった。

軽井沢発十七時四分の汽車に間に合って、窓ぎわの席に腰を落ち着けたとき、新田はつくづく自分の軽率な行動を思った。

いったい、軽井沢くんだりまでなにをしに出かけて来たのだろうか、と隣にすわっている老婆に訊《き》いてみたかった。

二十年前の退屈な恋愛話を聞きに来たようなものではないか。小梶と国分の死を二十年前の恋愛に結びつけようとした自分が不思議であった。苦しまぎれに、こんな行動をとってみたのだろうか。

それとも、新田自身の三年前の傷痕が、何事をも三角関係というものに結びつけさせようとするのか。新田は腹の底に冷たいものが波紋のようにひろがるのを感じた。それは、後悔かもしれなかった。

少しでも早く、軽井沢から遠去かりたかった。

碓氷峠には多くのトンネルがある。それらのトンネルを汽車が通過するつど、新田は二十年前の過去からしだいに現在へ戻って行けるような気がした。

5

新田が四谷《よつや》のアパートへ帰りついたのは、九時近かった。

アパートは、四谷三丁目の交差点にある銀行の裏だった。表通りはまだあかるかったが、路地へはいると、やたらと多い温泉マークが闇に浮き上がって、それが夜を疲れた感じに見せていた。

新田は暗い路地をゆっくり歩いた。アパートへ帰っても、なにもありはしないのだ。人気のない六畳間が待っているだけである。お茶でも飲んで、新聞を読んでいるうちに眠くなる。あとは、バネが悲鳴を上げるようになったベッドへ横になればいいのだ。しかし、アパートの入口まで来たとき、新田は足をとめなければならなかったのだ。なにもありはしない——という慣習は、今夜に限って破られた。

アパートの入口に、新田の帰りを待っていた女の影があった。

「協信生命に問い合わせて、お伺いしましたの」

小梶鮎子は、そう言って、悪いことでもしたというようにうなじを垂れた。

新田はうなずいただけだった。もちろん、鮎子がアパートへ訪ねてくるという予測はなかった。その鮎子がこうしてアパートまで来たことを、迷惑だとか嬉しいんだとかいう前に、まず驚きが先に立っていた。

「お待ちになりましたか？」

しばらく間をおいてから、新田は重く唇を開いた。

「三時間ばかり……」

「ここに立っておられたのですか？」

「今か今かって、お帰りになるのを待っていたものですから」

「それはどうも……」

「いいえ。あたくしが勝手にしたことですから」

「今日は確か、告別式でしたね」

「ええ」

「無事に終わりましたか？」

「おかげさまで。告別式が終わって、そのまま会社の人たちと東京へ来てしまったのです」

「なぜ、そんなことをしたんです？」

「寂しかったんです。小田原の家にいても、だれも相手にしてくれません」

「お姉さんたちがですか？」

「ええ……」

新田を仰いだ鮎子の瞳《ひとみ》が光った。

二人の会話は、自然のようであって実はそうではなかった。三時間も男を待っていた女と、三時間も女を待たせてしまった男が、当然口にするはずの言葉があった。

「なんのご用です？」

「お話したいことがあって……」

この言葉がそうである。それを、まずありきたりな会話から始めているのは、二人が言うべきことを意識的に避けている証拠だった。

新田も、なんのご用です、とは言い出しにくかった。事務的な用事で、鮎子が三時間も新田の帰りを待っていたという必然性はないのである。それに、彼女は寂しかったから東京へ来たと言っている。単なる用件があって来たのではない。新田を訪れた鮎子の目的には彼女の感情があるのだ。そう察していながら、用事はと訊《き》いてみる気には、新田もなれないのである。鮎子の方も、新田に会いたくて来たとは、はっきり言えないだろう。二人は、人間対人間ではなく、互いに男と女であることを意識しているのだ。

「おはいりになりますか？　よごれてますが」

新田は、どうでもいいというような無責任な言い方をした。だが、彼は、相手が鮎子でなかったら、こうも言わなかったろうと、かすかに吐息していた。

「ええ、お邪魔でなければ……」

鮎子は遠慮がちに声を低めた。

新田は先に立ってアパートの中へはいった。管理人もいない小さなアパートだが、鮎子はもの珍しそうにあたりを見まわして、

「羨《うらやま》しいわ」

と、呟いた。

「なにがです？」

階段を上りながら、新田は訊《き》いた。

「あたくし、アパート生活にあこがれてましたわ」

「侘《わ》びしいものですよ」

「いいえ。小田原の家なんかよりも、一人で生活するにはアパートの方がよほど温かみを感ずるでしょう」

「やはり、小田原の家を出られるんですか……？」

「姉たちはそう求めています。あたくしも出るつもりです。東京に住むことになると思いますけど……」

新田が部屋の鍵をあける間も、鮎子は隣室のドアや廊下の突きあたりの方を眺めまわしていた。部屋へはいると、鮎子は神妙な態度になった。男一人の部屋ということが念頭にあるだろうし、また男の体臭がしみ込んでいる空気に圧迫されるのかもしれない。

新田はベランダ兼用の廊下にある籐椅子《とういす》を示して、鮎子にそこへすわるように言った。

「紅茶でも入れましょうか？」

新田はそんな気もなく、口先だけで言った。鮎子と一緒にいることは悪い気持ではなかった。だが、そのことと、だからと言って一生懸命に接待することとは別である。そんな必要もないし、とくに今夜の新田はできるだけ動きたくはなかったのだ。

「いいえ、疲れていらっしゃるようだから、あまりお動きにならない方がいいですわ」

新田の気持を見抜いたように、鮎子はそう言った。

今夜も鮎子は黒ずくめの服装だった。艶《つや》のない頬が健康的ではなかったが、例の深淵のような眼差しは今日も澄みきっていた。

「保険の方はどうしました？」

新田は、やはり鮎子を正面《まとも》に見ていられなかった。鮎子の吸引力に耐えきれる自信がないのである。ふと手をのばしたくなる衝動が、たえず新田の気持のどこかにあった。

「ということは？」

鮎子はバッグをテーブルの上に置いた。バッグの口金が、電灯の光線を反射させて、鮎子の額にゆらゆらと光の斑点を描いた。

「保険金の支払い請求をなさいましたか？」

「近々にするつもりです。今日、東日生命とアサヒ相互生命の方が告別式に見えた時、請求の手続きを教えてくれましたわ」

「はあ……」

初子と塚本は、今日の小梶の告別式に参列したらしい。すると、初子も塚本もそれぞれの社に、『保険金支払い妥当』の報告をしたということになる。

「結論を出していないのは、ぼくの社だけというわけですね」

「新田さんが、まだ、納得されてないからでしょう？」

鮎子はそのことで、別に新田を非難している様子はなかった。もっとも、鮎子は新田がそれほど根強い疑惑を持っているとは思っていないのだろう。

「ま、そうですが……。いけませんか？」

「いいえ。それが新田さんの職務なんですもの」

「ぼくはただ、真相を知りたいだけなんですよ。はっきり言って、保険金は二の次なんです。この事件になんの疑惑も感じなくなれば、それでいいんです。あなたにしても、同じだと思いますよ。お父さんを殺した本当の犯人を知りたいでしょう」

「でも……」

「そうです。あなたは気がつかないだけだ。この事件には思ったより多くの矛盾点があるんですよ」

「どんな？」

「たとえば、お父さんと国分久平の死に方が、まったく同じ条件下にあったでしょう。それなら、なぜ国分はお父さんを二番下の断崖から突き落とさなかったのです？　また、国分は自殺するにしても、お父さんと同じように東海道線の線路へでも飛び込まなかったのです？　第一、自分が容疑者にされていることを知らなかった国分が、どうしてさっさと自殺してしまったのでしょう。良心の呵責《かしゃく》に耐えかねて二日後に自殺するくらいの人間なら、最初から人殺しなどしないでしょう」

「でも、あたくしには、どうにもならないことなのです」

「そうですよ。だれでも、どうにもならないことです」

新田は吐き出すように言った。

「けれども、あたくし……」

しばらくしてから、鮎子が宙の一点を凝視しながら口を開いた。

「たった一つだけ、慰められることがあるんです」

「なんです？」

「新田さんというお友だちを得られたことです……」

「………」

新田はドキリとした。あまりにも自然な口ぶりであり、言葉が滑《なめ》らかに口をついて出たので、かえって新田は意表をつかれた恰好になった。

しかし、次の鮎子の言葉は、新田に盲点ともいうべき決定的な矛盾を気づかせる結果になったのである。

「人と人とは知り合うキッカケがない限り永久にまじわらないものなんですもの……」

この時は、新田もなにげなく聞き流した。だが、そのとおりだ、小梶と水江が知り合わなければ二十年後の今度の事件も起こり得なかったかもしれない――と考えた時、新田は瞬間的に数字を頭の中に羅列していた。

《軽井沢行きは決して徒労ではなかった》

新田は、やはり捩《よじ》れた線を発見した。

「もう一日だけ待ってください。明日中に結論を出します」

彼はつとめて冷静に、鮎子に言った。同時に新田の脳裏を、腺病質な裕一郎の顔がよぎった。

濁《にご》った芽

1

新田はしばらく沈黙を続けていた。胸の奥にかすかな痙攣《けいれん》があった。これほどの緊張を覚えたのは、ここ数年なかったことだった。

三年前のあの事件以来、新田はあらゆることに懐疑的だった。つきつめた気持でことに取り組むだけの、情熱を失っていた。自分を忘れてしまうほど多忙な職務に追われているさいちゅうにも、ふと、こんなことをしていてなんになるのだろう、と虚《うつろ》な気持になることが幾度もあった。したがって、仕事の成果などに期待を持ったことがない。すばらしい成果をあげたときも、またそれがゼロであっても、新田は仕事が終わったという気になるだけだった。

しかし、今度の小梶美智雄の事件だけは例外であった。調査の過程で、その進展に新田は一喜一憂した。自分でも信じられないくらいに、事件に引き込まれて、解明にうち込んでいた。

その理由はわからない。鮎子の存在がそうさせたのかもしれなかった。たぶん、そうに違いない。それだけに、今、脳裏で想定した一つの可能性にこんな衝撃を受けたのだろう、と新田は思った。

新田は動悸《どうき》が静まりきるまで、口を噤《つぐ》んでいた。下手《へた》なことをしゃべりたくなかったのだ。

鮎子も黙っていた。帰ろうとする素振りも見せなかった。

「明日中に結論を出しますから」

と、新田は話はこれでうちきることを鮎子に告げたつもりだった。明日、お目にかかりましょう、今夜はお帰りください、という意味も、その言葉に含まれていたのである。

だが、鮎子にそうは通じなかったのか、彼女は、未練げに、席を立とうともしなかった。

小田原にいるのが寂しいから東京へ出て来て、新田のところに寄った——と、鮎子は言っていた。しかし、まさかここに泊まるつもりではないだろう。小田原へ帰る列車の時間もある。若い娘なら、まずそのことを気にするはずだった。

「時間、大丈夫なんですか？」

落ち着きをとり戻すと、新田は遠まわしにそうきいてみた。

「列車の、ですか？」

鮎子は顔を上げて、すぐまた目を伏せた。

「そうです」

「二十三時四十分というのがありますわ」

「しかし、それじゃあ小田原に着くのが夜中になるでしょう？」

「一時三十四分小田原着なんです」

「そりゃあ遅い……。いいんですか、そんなに遅くなって」

「かまいません。もし、なんでしたら東京のどこかの旅館に泊まります」

鮎子はすぐ腰を上げる気はないらしい。新田は甘さと苦さの入りまじった、奇妙な焦燥を感じた。

「それとも、あたくしがお邪魔してるの、ご迷惑ですか？」

鮎子は、すねるように肩をゆり動かした。

「いや、そうとは言いませんが……」

新田は、ほっそりとした鮎子の頸《くび》に目をやった。襟足《えりあし》のうぶ毛が、彼女を、いっそう少女のように感じさせた。

鮎子は、なぜ夜のアパートへ新田を訪れてそのまま粘《ねば》ろうとするのだろうか。それが、彼女の言いわけどおり、小田原の家に居辛《いづら》いから、ということでないのは新田にもわかっている。

おそらく、鮎子は、新田の行動に不安を抱いているに違いない。それで、彼の本心を探りに来たのだろう。そうでなければ、ここで新田との親密感を増して、彼の感情の中へはいり込もうというのが目的なのだ。新田が客観的に鮎子を観察することのできないようにするためだ。

新田にはそれが苦痛だった。彼は確かに鮎子に惹かれている。だが他面、彼女のもくろみも読めている。新田と知りあえて嬉しい、という鮎子の言葉に、彼は肌で喜び、心の底で空《むな》しくなるのだ。まったく異質なものを、無理に接着させたような不快感があった。

しかし、このままいたずらに時間を空費させているわけには行かなかった。鮎子の意図が分かっているだけに、沈黙はそれだけ重苦しかった。

新田は、さりげなく聞き出せることは聞き出しておこうと思った。

「もう、あれから五日ですね……」

彼は窓の方へ顔を向けた。外の闇が、窓ガラスを鏡代わりにしていた。部屋がそのままそっくり、窓ガラスにもあった。鮎子の優雅な姿態も、黒い輪郭でガラスにはめ込まれていた。

「そうですわね……」

ガラスの中で、鮎子がうなずいた。

「あなたは、あのとき大阪からの出張の帰りでしたね？」

「ええ。全通の本社は大阪にあるんです。それで、本社へ出張しましたの」

「そうそう、秘書課長とご一緒でした。あの秘書課長、なんと言いましたっけね。土居、土居……」

「土居京太郎です」

「うん、その土居さん、健在ですか？」

「仙台《せんだい》へ行ってますわ。あの日の夜、東京支社へ寄って、そのまま仙台へ向かいました。あんなことがなければ、あたくしも秘書課長と仙台へ行ったのですが……」

このことは、急行〝なにわ〟の列車内で聞いた。車掌が、警察から参考事情の協力を求められるから、小田原駅でいったん下車してくれ、と言うと、土居京太郎がまるで途方もなく安値をつけられた叩き売りの商人みたいに、

「ぼくらは出張の帰りなんだ。これから東京の社へ帰って報告をすませたら、またすぐそ

の足で仙台へ向かわなければならない。今はとてもそんな暇はないですよ」

と、手をのばして車掌を制していたのであった。

「ずいぶん強行軍の出張予定でしたねえ」

新田はテーブルの縁を、ピアノを弾《ひ》くように指先で叩いた。

「そうなんです。急な打合わせがあって、全国の支社の秘書課の連中が互いに各支社へ出張して歩いていたんです」

「例の、社始まって以来の大機構改革の下準備というわけですか?」

「下準備というより、全国支社の人事異動は八分通りきまっていたんですから、最後の調整というところでしたわ」

「あなたなんかは、その機構改革の大ざっぱな見当はついていたんでしょう?」

「いいえ、とんでもない。秘書課長だって、命ぜられた仕事の範囲で、どの支社からどの支社へ何名転勤ぐらいのことを知っていただけですもの。平事務員が詳しいことを耳に入れるなんて、不可能なんです」

「そんなもんですかねえ」

「秘書課員で課長について本社へ出張するなんていうと、だれでもあたくしが機構改革に関する情報をキャッチできるものと思うらしいんですね。あたくしも出張前に、二、三の課長から本社へ行ったら自分は島流しになりそうかどうか探って来てくれって、頼まれましたわ」

さもそういう課長連中が愚かしい、と言いたげに鮎子はニコリともしなかった。

五十嵐課長代理の言葉にもあったが、鮎子は全通社内では、男など眼中にないといったいわゆる高ぶった女と見られているらしい。

個性的な顔立ちも、そう見られる原因の一つである。しかし、それよりも鮎子が徹底した実際家であることが、他人と融合できない最大の理由ではないか、と新田は考えた。

つまり、繊細な顔立ち、神秘的な眼差し、翳《かげ》のある表情、と情感豊かな外見とはうらはらに、鮎子には愛とか夢とかいう生活の休息を受け入れる気持がないのだ。

なにが彼女をそうさせたのか、具体的には言えない。しかし、新田には自分というものと比較して、ある程度の判断はついた。

鮎子の表情にある翳《かげ》――。おそらく彼女に接する大部分の人が気づいていないだろう翳《かげ》。それは、鮎子の人生観や人間観を百八十度転換させるような衝撃に直面したとき、生じたものに違いないのだ。その衝撃によって、彼女は『生きる』ということを、鉄の棒のように堅くて味気のないものに変えてしまった。彼女の生活には弛《ゆる》みもゆとりもない。ただ、実際的に考えて、行動し、生きている。そこに、鮎子の孤独さが感じられるのだ。

新田は、それ以上鮎子と二人きりでいることに耐えられなくなった。鮎子を目の前に置いていると、新田はさまざまな想像をしてしまう。その想像は、どれも鮎子を醜く描くものばかりだった。それが、新田には苦痛なのである。

自分が描き上げた絵のカンバスを、ナイフで切り裂《さ》いているようなものだった。

「もう帰られた方がいいんじゃないですかねえ？」

新田は窓の方を向いたまま言った。

「そうしなければ、いけませんか？」

鮎子は俯《うつむ》向いた。

「もう遅いし、ぼくも寝なければならない時間なんです」

「それなら、お休みになってください」

「あなたは？」

「もう少し、ここにこうしていたいんです」

新田は、思わず眼の前の鮎子に視線を戻した。少し積極的すぎる鮎子の態度だった。あくまで新田の誘いを待って、今夜にでも、のっぴきならない関係を結ぶつもりなのだろうか。

鮎子は新田の前に身体を投げ出している。なぜか、ときけば鮎子は寂しい現在の境遇にある自分には、柱となってくれる新田が必要なのだ、と答えるに違いない。

しかし、新田は知っている。鮎子は新田を自分の味方にしたいのだ。肉体関係を結ぶことによって、新田の目を塞《ふさ》ごうとしている。鮎子は新田を甘く見ていたようだ。新田がどういう男か、読みが浅かったのかもしれない。彼が自分に好意を抱いているという直感だけで、鮎子は新田を虜《とりこ》にできると信じたらしい。若い女である。男は女に脆《もろ》いと、単純に決め込んだのも無理はなかった。

そうと知って、新田は鮎子の誘惑に乗ることはできなかった。

「そりゃあまずいです」

新田ははっきり拒《こば》んだ。

「なぜですか?」

不思議そうな鮎子の顔だった。百も承知していて、無邪気さを装っているとはすぐわかった。

「あなたとぼくには、一つ部屋で夜を過ごすという必然性がない」

「必然性ばかりで行動しなければならないんですか」

「少なくとも、今のあなたとぼくはね」

「どうしてでしょうか?」

「あなたは保険金の受取人です。ぼくは保険会社の調査員だ。つまり立場が正反対です。相反する利害関係にあるとも言えるでしょう。もしぼくがなにかの理由で、保険金支払いに異議を申し立てれば、あなたの手もとへ行くはずの大金がストップするか、あるいは遅れるかします。結局、あなたとぼくは用件以外に話し合うこともないし、必要以上に親密になるべきではありません」

「では、あなたとあたくしは、永遠にお友だちにはなれないんですか?」

「いや、友だちになるには、この事件が完全に過去のものになってから、というのです」

「まだ、過去のものにはなっておりませんの?」

「ぼくにとってはね……」

「そうですか……」

鮎子は悲しそうな目をした。

「さあ、アパートの入口までお送りしますから」

新田は立ち上がった。半ば強制的だった。鮎子も顔をそむけるようにして腰を上げた。

ドアの前で、鮎子は振り返った。なにか言いたそうに、バッグを左手から右手に持ち変えて、彼女は新田の顔を仰いだ。瞳に縋《すが》るような、ひたむきな炎があった。新田も、その鮎子の目を凝視した。

男女の次の行為を予告するようなみつめ合いだった。抱擁《ほうよう》をかわす直前に、感情の高ぶりを示して、このように互いに見入る映画のシーンがよくある——新田は、そう思った。そう思いながら彼自身、感情の高ぶりを覚えた。

なんという鮎子の神秘的な容貌だろう。男の欲望をそそるような媚態《びたい》や性的な魅力は、微塵《みじん》もない。それでいて、触れてみたい欲求を抑制することができないのだ。通俗的な表現をすれば、魔性の吸引力とでも言うのだろうか。

男は、お姫様とか深窓《しんそう》の令嬢とかいう女に、共通して憧憬《どうけい》を持っている。高貴で弱々しく、清純で未成熟な女を、モミクシャに蹂躙《じゅうりん》して自分の前に跪《ひざまず》かせたい、という欲望をいだいている。征服欲を満足させるにはもっとも効果的な、一種のサディズムかもしれなかった。

鮎子は、そうしてみたくなるような女だった。鮎子の胴を折れそうになるまで抱きしめて、必死になって抵抗する彼女を堅い床《ゆか》の上に押し倒したら、どんなに爽快だろうと、新田も瞬間的に想像していた。

鮎子は、いつまでも新田から目を放そうとしなかった。新田が腕をのばしてくるのを待っているようであった。

新田は、この瞬間だけの鮎子と接しようと思った。昨日、今日、明日の接続を忘れれば現在の立場な思惑も捨てられるはずだった。今はただ男と女ということだけを意識すればよかった。

新田は鮎子の肩に手をかけて引き寄せた。鮎子は重量のない物体のように、ふんわりと新田の胸の中へはいって来た。みつめ合ったまま新田は鮎子の顔に自分のそれを近づけた。彼女の息使いが聞こえて、そっと瞼《まぶた》をとじるのが見えた。二人は唇を重ねた。背中にまわした腕に力を加えると、鮎子は苦しそうに喉《のど》の奥でうめいた。だが、彼女の右手も徐々に新田の肩のあたりへ這《は》って行った。バッグが新田の胸の脇にぶつかった。

《男を知っている……》

鮎子の接吻の技巧から、新田はそう判断した。小さな失望のようなものが、彼の胸を通り過ぎた。

長い接吻だった。唇を放すと、鮎子は俯向《うつむ》いたまま肩で激しく喘《あえ》いでいた。なんにも言わなかった。彼女は同じ姿勢でクルリとドアの方に向きなおると、だるそうな手つきでノブをひねった。

ドアをあけて部屋を出たとたんに、鮎子は硬直したように足をとめた。新田は彼女の背中にぶつかりそうになって、顔を上げた。

廊下に佐伯初子が立っていた。部屋の中に人がいることは、ドアの下の隙間《すきま》からもれている明かりの一線でわかっただろう。しかし、室内の重苦しい静けさに、初子は、そこでなにが行なわれているか察知したに違いない。短い間廊下に凝然と立ちつくしていたという初子の恰好だった。

部屋から出て来たのが鮎子だったから、なおさらなのだろう。初子の顔色は青白く、目が険《けわ》しく固着していた。

「ここでけっこうですわ」

鮎子はそう言って一礼すると、初子の前をすり抜けるようにして、階段の方へ足早に立ち去った。俯向きかげんの後ろ姿はさむざむとしていた。これから小田原まで帰るのだと思うと、彼女がひどく惨《みじ》めに思えた。鮎子は、事実、寂しさのあまり何かを求めて新田を訪れて来たのではないか、と錯覚しそうになった。その鮎子を無理に追い返したことに、新田は大魚を逸《いっ》した時のような悔いを覚えた。

「あの人、こんなところまで押しかけて来たの……」

初子は、鮎子の姿が階段へ消えるのを待ってそう言った。口調は静かだったが、声が震《ふる》えていた。嫉妬していることを悟られまいと、懸命に平静を装っているようである。

「君も押しかけて来たじゃないか」

新田はいつもの彼に戻っていた。もう唇にも鮎子の感触はなかった。初子がこのアパートへ来たのも、今夜が初めてだった。どうせ初子にしても、なんらかの下心があってここへ来たのだろう、と新田は思っていた。

「あたしは用があるんですもの」

初子は声を張った。鮎子と同じように扱われるのが腹立たしいのだ。

「あの娘も、用があって来た」

「どうだか。新田さんの方で呼んだんじゃない？」

「そんな暇はない」

「あなたって、手が早そうだから……」

初子は自分がやすやすと新田の行為に応じてしまったことから、そう割り出したらしい。すでに男と自分の結びつきを批判しているところを見ると、初子は内心、新田とこれっきりになることを覚悟しているらしい。女が男を放すまいとしているうちは、手が早いなどということを口にしない。そう言えば、男と自分の関係の価値を、みずから安く見ることになるからだ。

「ところで、用はなんだ？」

新田は赤茶けた廊下の終夜灯に、チラッと目をやった。終夜灯のまわりを、無数の虫が飛びまわっている。

「話があるの」

「少し歩いてみようか」

と、新田は階段の方へゆっくり歩を運んだ。

「あたしは部屋の中へはいれないってわけ？」

追って来ながら、初子は嫌味《いやみ》っぽく言った。新田は答えなかった。初子と肩を並べていることなど無視したように、彼は階段をおりてアパートの外へ出た。

「今日、あなたどこへ行ってたの？」

雲が厚くなった夜の空を見上げて、初子は吐息まじりにきいた。

「小梶家の告別式にも顔を出さないし、協信生命に問い合わせても、あなたの行方はわからない……」

「軽井沢へ行って来たんだ」

行って来てしまったのだから、隠す必要もなかった。新田はなんでもないというように答えた。

「軽井沢？」

「そうだ」

「なにしに？」

「調べたいことがあってね」

「小梶の軽井沢時代のことについて？」

「まあそうだ」

「あなた、まだ小梶事件は調査未了なの？」

あきれたというように、初子は歩みをとめて新田の方を窺《うかが》った。

「君も、アサヒ相互の塚本氏も、『保険金支払い妥当』の報告をしたらしいね」

新田は表情のない顔を初子に向けた。

「いけないの？」

「いや。君たちがそう判断したのだから、それでいいんだ」

「新田さん……また出し抜こうっていうつもりじゃないでしょうね？」

初子の目が、温泉マークのネオンの光線に白っぽく光った。二人の頭の上で、そのネオンがジーッという音を立てていた。

「そんなつもりはない。ただ、おれはまだ結論まで行きついていないのだから調査を続けているだけだ」

「それで、なにか収穫はあったの？」

「あった……」

「見込みはついているの？　ついているなら、あたしの方にも情報を流してほしいわ」

「協力するというなら、別に拒絶はしない。しかし、君はもう結論を出して社へ報告してしまったのだろう」

「自信のある結論じゃないのよ、今からだって取り消せるわ」

「好きなようにするさ」

「あすこの喫茶店へはいらない？」

初子は、銀行の角で向かい側の正面を指さした。流れるように交差する車の切れ目から、『緑園』という軒灯が見えた。左右の店がすでに扉をおろして暗いせいか、その喫茶店の窓からもれる明かりが豪華な感じだった。

初子は、すっかり憤懣《ふんまん》を引っ込めたわけではなかった。頰のあたりの堅さが、まだ消えていない。語調もどことなく冷ややかだった。彼女はどうやら職業意識をとり戻したようである。昨日のもの思いにふけっているような甘さは感じられなかった。鮎子にあまりこだわらずに、仕事の話に乗って来たのがその証拠だった。

三丁目の交差点の信号が赤になり、車の流れが途絶えたところを見はからって、新田と初子は車道を横断した。

グリーンのカーテンがかかっている『緑園』のドアを押しながら、

「やはり、小梶殺しの犯人は国分久平じゃないっていうの？」

と、初子が振り向いた。

「違う……」

新田は半開きになったドアの隙間から、店の中へ暗い視線を注いだ。

「犯人はだれだっていうわけ？」

「鮎子だ」

「え？」

初子はドアから手を放した。ドアは反動で幾度も開閉した。そのたびに、ドアがギイギイと軋《きし》んだ。

「小梶鮎子さ」

もう一度、新田は繰り返した。鮎子の名前を口にした瞬間に、新田の脳裏にあった彼女の映像は崩《くず》れた。

2

店の中へはいってみると、やはり場末の喫茶店だった。椅子やテーブルの型が旧式だったし、なによりも品物と値段を書いた短冊《たんざく》が壁に点々と貼りつけてあるのが興ざめである。ウェイトレスもいなかった。奥からサンダルをつっかけたワイシャツ姿の若い男が、もそもそと出て来た。

アイスコーヒーを二つ注文すると、初子はテーブルに両肘をつき、掌で顎を支えた。初子がよくやる姿態だった。

「でも、鮎子を犯人とすることは、不可能だったはずじゃない？」

「…………」

新田は黙って、初子を正視した。掌で顎を圧迫しているから、初子の両頬は盛り上がり、目尻が下がって見えた。

「そりゃあ鮎子が犯人だとなれば、保険金詐取の点もすっきりするわ。彼女は保険金の受取人なんだもの。だけど……彼女は、いったい、どうやって小梶美智雄や国分久平を殺したと解釈するの？」

「それはわかっていない」

「それがわかっていなければ、だれもが真っ先に仮定した推論と同じじゃないの。あたしだって塚本さんだって、まず保険金受取人である鮎子を疑ってみたわ。でも、彼女には進行中の列車内にいたという絶対のアリバイがあったんじゃないの」

「確かにそうだ」

「新田さんはどういう根拠から、鮎子を犯人と割り出したの？」

「すべて状況からの推測だ。まず、今夜、彼女がわざわざおれのアパートまで出かけて来たことだって、鮎子に対する疑惑を強めた要因の一つだ」

「なぜなの？」

「君や塚本氏は、一応保険金の支払いに関する限りでは小梶美智雄の死に疑点はない、と結論を出した。しかし、おれだけが納得していない様子だ、というので、鮎子はおれの胸のうちを探りに来たんだ」

「鮎子はどういう口実でアパートへ来たの？」

「寂しいから、おれに会いに来たと言っていた……」

「事実そうかもしれないじゃないの？」

初子はふたたび、妬《ねた》むような皮肉めいた笑いを浮かべた。

「それを新田さんみたいに解釈したんじゃ、推理というよりも邪推に近いわ」

そんなことから、鮎子を犯人だと割り出したのか――というように、初子は小さな欠伸《あくび》を噛《か》み殺した。

男がアイスコーヒーを運んで来た。コップの中の氷片が、涼しげな音を立てた。初子は顎を支えていた腕を解いて、テーブルの上に余裕を作った。

「第一ね、鮎子はなぜ自分の父親と国分久平を殺さなければならなかったの？」

初子はストローの紙袋を前歯で破って、そのままストローを唇にくわえた。

「かりに保険金欲しさに父を殺したとするわ。でも、国分久平まで殺す必要はなかったんじゃない？　そりゃあね、小梶美智雄殺しの犯人が国分で、その国分も罪を悔いて自殺したと見せかける。このために国分も殺したんだという見方も成り立つわ。だけど、人殺しっていうものは、一度と二度ではその危険率が何倍にもなると思うのよ。鮎子には、その危険を冒《おか》してまで殺人を二度繰り返す必要はなかったはずだわ。鮎子は国分を犯人と見せかけるような小細工《こざいく》をしなくっても十分安全だったと思うの。小梶美智雄を殺したことについては、鮎子には完璧《かんぺき》なアリバイがあったんだもの」

一気にしゃべって、しゃべりおえると初子は抜き取ったストローをコーヒーの中へ差し込んだ。

「しかし……」

新田は低い声で言った。

「鮎子には、父親と国分久平を殺す必要があったのだとしたら……」

「すると、保険金欲しさの犯行ではなかったというわけ？」

初子はコーヒーの苦味に顔をしかめて、ポットからミルクを注いだ。

「いや、保険金も欲しかった。だが、そのほかにも父親と国分久平を殺す動機があったんだ。つまり、鮎子は一石二鳥を狙《ねら》った。殺したい二人の人間を嚙み合わせて、一方が殺され、一方は自殺したと見せかける。同時に、六百万円の保険金を手に入れる。こんなうまい方法はない」

「だから、どこにそれだけの根拠があるっていうのよ。まず、十九歳の娘が自分の父親を殺すなんてこと考えられないわ。男の人が自分の母親に慕情を抱くのと同じように、娘ってものは父親に惹かれるのよ。精神異常者じゃあるまいし、父親に保険金をかけて軽い気持で殺せるものじゃないわ。それに、鮎子って娘が、そんなふうな女に見える？」

初子はストローでコーヒーをかきまぜた。ミルクの白が立ちのぼる煙のように、黒っぽいコーヒーの中をおどった。

新田は、ぼんやり自分のコーヒーを眺めていた。そうしながら、彼は、もの憂《う》い感じで言葉を唇の間からこぼした。

「小梶美智雄は、鮎子の実父じゃない」

「…………」

なにを言い出すのかと、初子は新田を見返して、短い間を置いてから、

「なんですって？」

と、小さく訊きなおした。

「小梶と鮎子は本当の父娘《おやこ》ではないんだ」

「おかしいじゃないの。鮎子が養女だなんて話は聞いてないわよ。鮎子ができてしまったので、小梶は二度目の奥さんと結婚を急いだんじゃない？」

「ということにはなっている」

このことについては、新田も、小梶の長女美子から憤激の言葉で聞かされている。それに、真鶴の飲み屋の女、五味志津からも詳しく説明してもらった。

長女の美子と長男の裕一郎が先妻妙子との間にできた子供であり、次女の鮎子が二度目の妻水江との間にできた子供だ、と志津は言った。小梶に関してはかなり詳しい志津がそう言うからには、もちろん、世間もそのとおりを信じているだろう。

新田は、あのうす汚れた飲み屋のカウンターで、志津から聞かされた話を思い浮かべた。

「子供ってものはね、両親が結婚してから十月十日たたなければ生まれないとはかぎらないのよ。まだわからない？　小梶さんと二度目の奥さんとは恋愛結婚だったのよ。小梶さんはもう気違いのように夢中だったのよ。結婚する日まで、二人の仲がきれいだったと言いきれる？　小梶さんだって、前の奥さんとの仲がおもしろくなかったんだし、当然好きな人と一緒に明日を忘れようとしたでしょ」

あの時、志津は半ば怒ったような口ぶりで言った。

「ところが前の奥さんとの間だって、そう簡単には清算できない、ゴタゴタが続いているうちに、好きな人が妊娠しちゃった。それで前の奥さんも諦めをつけたっていうわけよ。でも、子供ができているんだからグズグズしてはいられないって、二度目の奥さんとの結婚を急いだらしいわ。昔は私生児だなんて面倒になるからでしょ。それで、鮎子さんが生まれたのは、結婚した翌年の寒い時分だったそうよ」

志津はこうも言った。

この話だけでも、鮎子が小梶と二度目の妻水江との間にできた子供であることを、頭から信じ込むだろう。鮎子の出生が、両親の恋愛ということによって、その間にできた子供である、と強調されているからだ。初子が、鮎子の出生についてなんの疑いも抱かなかったことは無理のない話である。新田でさえも、軽井沢へ行かなかったならば、永久に鮎子と小梶が実の父娘《おやこ》だと思い込んでいただろう。

「軽井沢まで行って、得た収穫というのはこのことだけだった」

新田はアイスコーヒーへ手をのばして、コップを掌で包んだ。その冷たさが快かった。

「どんなことを聞き込んで来たの」

初子も真顔になった。新田の断言に近い確信ぶりに、つり込まれたようだった。

「軽井沢で、小梶の二度目の妻の水江と二十年前親友だったという女に会った」

今日行って来たのだとは思えない、軽井沢の情景が目に浮かんだ。軽井沢へは何年も前に行って来たような気がする。軽井沢で触れて来たのがまったく二十年前の話ばかりだったせいだろうか。小説で読んだように、軽井沢行きには現実味がなかった。

「水江の親友？」

「笠間節子という女だ。彼女は小梶のことも国分久平のことも記憶していた。そして、彼女は、小梶と水江の初対面の日は昭和十六年の八月七日だったと教えてくれた」

「よくそんなに細かく覚えていたものね」

「その日は笠間節子という女の姉さんがお産をした日なんだそうだ。彼女の甥の誕生日っていうわけでその日を正確に覚えていたらしい」

「でも、それがどうしたの？」

「変だと思わないか？」

「別に……」

まるで、その変だと思うべき理由があたりに転がっているかのように初子はキョロキョロ周囲を見回した。

「小梶と水江は、昭和十六年八月七日に知り合った。そしてその年の十月末に軽井沢から姿を消した。その後十二月七日に正式に結婚している。水江が小田原に姿を見せたのはおそらく十一月初旬だったろう。そのころ近所の人の目には、水江のお腹の大きいことがわかったそうだ。そして、鮎子を出産したのは……」

初子はバッグから手帳をとり出すと、開いたページの文字を声に出して読んだ。

「小梶鮎子の出生年月日、昭和十七年三月二十八日……となってるわ」

「そうだろう」

新田は、先刻鮎子の言葉から思いついて、この矛盾に気づいたとき、頭の中に羅列した数字が正確だったことを認めた。

「それが、鮎子は小梶の実子ではないという証拠だ。まったく未知の男女が知り合ってその日に肉体関係を結ぶってことがあるだろうか。今ならわからないが、これは戦前の話だ。しかも、商売女が相手だったわけではない。いや、かりにそういうことがあったとしよう。

小梶と水江は、八月七日に知り合い、その日のうちに肉体的に結ばれたとする。しかし、そうだとしても二人の子供としては鮎子は生まれなかった」

「そうか……」

初子は指を折って数えた。八月七日の行為の結果、翌年の三月二十八日に子供が出生するということはあり得ない。受精から出産までの間が、正味七ヵ月だったということになる。早産ということも考えられた。しかし、これは小梶と水江が会ったその日に結ばれたと仮定した上での計算である。事実、小梶と水江がそういう関係を結んだのは一ヵ月も二ヵ月もあとのことだったろう。

すると、鮎子の胎児だった期間は、六ヵ月にも五ヵ月にもなる。今日ほどの医学の進歩を見ていない戦前では、そんな未熟児を一人前に成長させることはできなかったに違いないのだ。

「つまり、鮎子を小梶の子供とすることは物理的に不可能なんだ。水江が小梶と知り合ったときは、すでに妊娠していたはずだ」

「小梶はそのことを承知していたのかしら……？」

「当然だ。水江にしたって隠せることではない」

「じゃあ、小梶は、それを承知で水江を引き取って、結婚したっていうの？」

「そうだ」

「するとと、もちろん、鮎子の本当の父親もわかっていたんでしょうね？」

「知っていただろう、小梶も、水江も、鮎子の父親になるべき男も……。おそらく、三人の間ではすべての了解ができていたのだろうな」

「だれかしら、その鮎子の本当の父親っていうのは……」

「国分久平だ」

「え！」

今度は初子も派手に驚いた。膝頭ががたついていたテーブルの脚に触れて、コーヒーのコップが転がった。ぶちまけられたコーヒーは首をのばした蛇のように、一方へまっすぐに流れた。

「国分久平は、そのころ、ずっと軽井沢にいた。軽井沢の植木屋の娘だった水江とは、かなり親密だったらしい。別荘の若旦那と出入りの植木屋の娘……よくありそうな話だ。国分は水江と関係した。もちろん、国分は本気じゃなかったのだろう。いわば別荘妻のようなつもりで、水江を弄《もてあそ》んだのだ。そのうちに水江が妊娠した。国分はこの水江の始末に当惑しながら、彼女を冷淡に扱っていた。そんなところへ小梶が現われた。小梶は一目見て、水江に夢中になったらしい。国分にとって、小梶はまさに救いの神だった。ただ、水江の方としては多少割り切れない気持だったろう。しかし、水江という女は、どんなに美人だったか知らないが、よく言えば消極的で忍従型、悪く言えば、自我も主体性もない白痴美型なんだ。やがて、国分を諦め、小梶の強引な求愛に引きずられる恰好になった……」

笠間節子も言っていた。『それからしばらくは、水江さんが悩んでいたようですね。たぶん水江さんは国分さんの方を愛していたのでしょうね。わたしの知る限りでは、国分さんは水江さんに対して冷淡でした。あのころで言えば身分違い。しょせんは水江さんも国分さんとの結婚を望めなかったでしょうけど』――

「でも、小梶は、よく水江のお腹に国分の子があるってわかっていて……そんな気になれたものね」

醜悪だと言わんばかりに、初子は眉をひそめた。

「小梶は真剣に水江を愛していたんだろう」

「男の人って、そういうことにこだわらないものなの？」

「人によりけりだろうな。しかし、男というものは自分と知り合ってからの女が他の男と親密にすることには嫉妬するが、まったく知らなかったころの対男性関係にはあんがい淡泊だ。それに、情熱的で、恋をしている男は、女が連れている過去まで愛そうとする。そういう時の男は純粋だ。父親が違っても愛している女の子供なら、自分の子と同じように愛そうと努力する。それに、愛する女が、子供まで作った男に冷淡にされている、という悲劇的な立場にあると、よし子供も引き取ろうと、そんなヒロイズムに駆られるものだ」

「国分もそれを承知したわけね」

「水江も、お腹の子供の父親にもなろうという小梶の情熱に動かされた。これは想像なんだが、鮎子が国分と水江の間にできた子供だったことは、この三人だけが知っている秘密にしておこうという約束ぐらいはかわされたんじゃないかと思う。あくまで、鮎子は小梶の子として通すことにした。そのために同じ年の十月末に、水江は軽井沢から姿を消したんだろう。時がたてば、水江の妊娠時期に疑問を持つ人間も出てくるからだ。水江がそうそうに軽井沢から姿を消したので、親友だった笠間節子さえ、この秘密には気づいていなかったんだ……」

人間の出生などというものがいかに頼りないか、新田にはわかるような気がした。はっきりしているのは、この世に生をうけたという事実だけである。自分がどのような宿命のもとに、どのような葛藤《かっとう》をへて、だれを父親として生まれたものか、人間はだれも自覚してないのだ。

健在している男と女が、これは二人の間にできた子供だと言えば、だれ一人それを疑う者や否定する人間はいないのである。

「つまり、小梶は水江との結婚のためには、あらゆる犠牲もいとわなかったのね」

疲れたというように、初子は椅子の背にもたれて肩を落とした。彼女の目に短い思索があった。おそらく小梶と水江の恋を、自分と新田の関係に当てはめて比較しているのだろう。小梶と水江のそれに羨望は感じなくとも、やはり初子には新田の冷ややかさが寂しいに違いない。彼女は、新田の存在を意識していないような、無心な瞬《また》きをして空間をみつめていた。

店の男が鈍重な足どりで近づいて来て、緩慢な動作でこぼれたコーヒーを拭《ふ》き取って行った。

初子がわれにかえったように、背中をのばした。

「鮎子が、小梶の娘ではなく、国分の子供だってことの概略は飲み込めたわ。でも、それがどうして、小梶、国分殺しと結びつくの？」

「うん……」

「まさか、その秘密を知ったからって、鮎子が急に小梶や国分を殺す気になったという理由にはならないわ」

「若い娘にとって、そんな秘密を知った時の衝撃は、そうとうな傷手《いたで》じゃあないのかな？」

自信がなさそうな新田の口ぶりだった。

「そりゃあショックよ。でも、だからって人殺しをするような……。傷手は傷手でも、そんな爆発的なものではなくて、どちらかと言えば内攻的な、つまり自分自身に対する嫌悪や厭世的な気分に追いやられるものだと思うわ」

「しかし、自分は十九年間もだまされ続けて来た。それも、実父は自分が不必要だったから、義父は自分の母親が欲しかったから、という男の勝手な理由のもとに、まるで品物のように自分が取引の道具にされ、気ままに父親を決められてしまった。こういうことは、鮎子が若いだけに、女だけに、われわれの想像以上の憎悪を小梶と国分に抱かせたかもしれない」

「でも、殺人の動機としては希薄ね。もちろんこの秘密を知れば、十九年間もだまされて来たのだし、自我の根本ともいうべき出生に関することなんだから、鮎子も怒ったでしょうし、小梶や国分に対して敵意を抱いたでしょう。だけどね、考えてごらんなさい。鮎子は十二や十三の小娘とは違うのよ。いくら感じやすくて感受性の鋭い年ごろでも、鮎子には、一人の社会人として、それなりの分別も理性も判断力もあるはずだわ。そうは簡単に殺人を考えたりはしないわ。それより、むしろ自分の方から小梶や国分とは遠去かろうとするんじゃない？　鮎子が家出したとか自殺したとかいうならわかるけど、小梶や国分を殺すなんてねえ。あの二人を殺していったいどうなるの？　鮎子が受けた衝撃が消えることもないでしょう？　もし、それを殺人の動機とするなら、秘密を知った瞬間に鮎子は発《ほっ》作《さ》的に小梶を殺しているでしょうね。それにしては、今度の事件があまりにも計画的すぎるのよ」

しゃべり続けて、ふっと一息入れたとき、初子は思い出したようにバッグからピースの箱をとり出した。

初子の言い分にも一理あった。新田が想定した殺人動機と、事件の綿密な計画性が、やはりそぐわないのである。殺人には二通りの形体がある。突発的な犯行と、計画的な犯行であった。この二つのケースは、そのまま犯行の動機の相違にも通じている。つまり、動機が犯人の感情を刺激したり、逆上させたりするものであれば、犯行も突発的になる。しかし、多少の時間はかけても、終局には自分の欲求を満たせられるというような動機であれば、犯行は計画性をおびてくる。

感情犯罪は、犯人が目的さえ遂げれば、逮捕されるなり自首するなり、自己保身をそれほど重視しないが、物欲犯罪になると目的を遂げた後の自分の安泰がなければ、犯行そのものが無意味になるからだ。

鮎子が実父と義父の裏切行為を知って、もし絶望的な衝撃を受けたとするならば、彼女は突発的にその憎悪を行為にあらわしただろう。だが、この小梶、国分殺しの事件は、あきらかに計画的なものである。それも、緻密《ちみつ》な計算のもとに鮎子を完全に容疑圏外に置くように組み立てられている。

新田は無言で、手をつけないコーヒーを初子の前に押しやった。初子は、いただきます、というように大きくうなずきながら、新田を見返した。

「それにね、あなたは鮎子が一石二鳥を狙ったと言ったけど……。そのことも人間分析上、矛盾があると思うの。一方では、出生の秘密という深刻な問題から殺意を抱いていて、片方では保険金詐取を狙っている、というのでは、人間の情理ってものを無視している解釈じゃない？　新田さんの言うように、鮎子は若い娘であっただけに実父と義父の欺瞞《ぎまん》行為に憎悪を感じた……。それはそれでいいわ。でも、その憎悪というものは厳粛で深刻で絶望的だったはずよ。その鮎子が、ことのついでに六百万円の保険金を詐取しようとした……。どうもピンと来ないわね。失恋したって泣きながらムシャムシャ大飯《おおめし》を食らっている、という感じがしない？　鮎子が苦悩していたとするなら、お金を手に入れることなんか考えなかったでしょうし、保険金詐取をやろうなんて女だったら、出生の秘密などということで悩みはしないわ」

新田は、自分の想定がまったく煮つまらないうちに、早く口にしすぎたようだった。

初子に返す言葉がなかった。鮎子は小梶の娘ではなく、国分の子供ではないか、という新しい発見に有頂天《うちょうてん》になり、それをそのまま犯行の動機と決め込んでしまったのは早計であった。

鮎子は、その出生の秘密を知っても、たいして苦悩しなかったかもしれない。小梶は別に悪意で鮎子を自分の娘にしたわけではないのだ。むしろ鮎子の母を愛し、犠牲をはらって自分の子供でもないものを十九年間、自分の子供同様に育ててくれたのである。小梶の方から言わせれば、感謝こそされ、恨みを買う理由はまったくないというところだろう。

成人した鮎子も、そのくらいのことは、わきまえていたはずだ。育ての親として、小梶への情愛もある。はたから見ていても羨《うらや》むような仲のいい父娘だったと、全通の五十嵐課長代理も言っていた。

たとえ一時的なショックはあっても、それが小梶を殺すまでの憎悪に発展し、膨張するものかどうか、はなはだ疑問である。

ドアが乱暴に押し開かれて、女の子もまじえた若い男たちが、なだれ込むように店の中へはいって来た。彼らの饒舌《じょうぜつ》やサンダルの甲高《かんだか》い響きに、店内はにわかにさわがしくなった。

「この店には、アルコール分はないのか！」

アロハシャツの裾を前で結び目にして腕をまくった男がどなった。だいぶ酔っているらしい。その男が初子と背中合わせの席についたので、初子はこわごわと肩をすぼめた。

「だけどねえ……」

背後の男たちの視線からのがれるように、初子はテーブルの上に乗り出して来た。

「鮎子は、いつごろ、その秘密を知ったんだと思うの？」

「正確なところはわからないが、たぶん、今年にはいってからだろう」

「だれが、そんなことを鮎子の耳へ入れたのかしら？」

「裕一郎だと見当をつけている。美子は国分についてほとんど知らなかったらしいが、裕一郎は軽井沢時代とか、国分が別荘にいたお坊っちゃんで絵描きだったとか、その辺の事情に詳しかった」

「裕一郎が、なぜそんなことを鮎子に吹き込んだの？」

「たぶん、一種の腹癒《はらい》せからだろう。おれたちはお前の母親水江のために追い出された女の子供だ。しかし、お前だってオヤジの本当の娘ではないんだぞ、というような、いやがらせを言ったのじゃない……？」

新田は、ふたたび、腺病質な裕一郎の白い顔を思い浮かべた。あの女性的な感じの裕一郎が言いそうなことである。鮎子を痛めつけるには、もっとも効果的ないやがらせなのだ。

「なにもかも反対するようで悪いんだけどね……」

初子は目を伏せて、口もとにかすかな笑いを漂《ただよ》わせた。照れたような微笑だった。

「それも、あたしにはうなずけないの。もしなにかのことから、裕一郎が、鮎子は小梶の実子ではないと知ったとするわね。そうしたら、裕一郎は鬼の首でも取ったようにそのことを姉の美子に報告するはずよ。鮎子は二人にとって共通の敵なんだから。美子が知らずに裕一郎だけが知っているってことはまずないでしょうね」

新田は、黒ずんだ天井を見上げた。またも、足をすくわれた恰好である。いつのまにか、自分の思考力がすっかり鈍ってしまっているような気がした。それとも、疲れているのだろうか。

初子に、ひどく余裕があるような感じだった。そう言えば、今夜の初子にはすべてに達《たっ》観《かん》したような幅の広さがある。新田と関係したことによって、なにかを開眼したのだろうか。彼女の明確な判断力に、新田は焦《あせ》りのようなものを覚えた。

結局は、すべての疑点を初子によって否定された。それに対して、新田の反論はなかった。しかし、新田は全面的に自分の推論を引っ込めるつもりはなかった。

事実がある。鮎子が小梶の娘ではなかったこと、彼女が意味もなく新田のアパートへ来たこと、そして鮎子の眼差しにある孤愁《こしゅう》の翳《かげ》——これらの事実がある。新田はこの事実にしがみついて手ばなすまい、と思っていた。

鮎子が小梶と国分の微妙な関係を知ったとする。そうなれば、鮎子は小梶と国分の両者に対して交渉を持つことができただろう。鮎子はいわば小梶と国分との間を繋《つな》ぐかけ橋である。鮎子は実父と義父に対して、なんでも言えた。同時に小梶と国分は、鮎子の言うことであれば、すべてを信じただろう。鮎子だからこそ、小梶と国分を巧妙に操って、二人を死へ追いやることも可能だったのである。

国分が小梶から三十万円を借りていたことにしてもそうだ。

軽井沢へ向かう途中の列車の中で、新田が想定した、国分の遺書の作成手段も、鮎子だったから成功したのではないか。

国分は、あの遺書らしい手紙を、なにかの交換条件として第三者の意志どおり書かされたのではないか、と新田は考えた。その第三者が鮎子だったとすればいいのである。

国分が小梶に借金を申し込んで来たのは、四月の末ごろだという。そのころ国分はすでに、借金を断わられないような小梶の弱点を握っていた。同時に、鮎子も小梶と国分殺害の計画を練りつつあったころだとする。

鮎子は、小梶に金を都合してやるようにすすめた。小梶は、国分に三十万円を貸してやる。五月にはいってから、鮎子は、今度は、貸金の催促をするよう小梶の尻を叩いた。一方では、鮎子は国分に三十万円は返金しなくてもかまわない、その代わりにもう二度と自分たちの目の前に現われないでくれ、という交換条件のもとに、一札を入れさせた。

『たいへんご迷惑をおかけしました。申しわけないと思っております。二度とこんなことをしないためにも、また生まれかわるつもりで永遠の決別を告げます。国分久平』

どう見ても、それらしい文面である。国分はもっともだと思いながら、この文章を書いただろう。

しかし、この文面は、同時に、どう見ても遺書であるということにも通用するのだ。国分が友人への絶縁状のつもりで書いた手紙は、彼がこの世に決別を告げた遺書として使われるものだった。

——ここまでは、新田の推理も進展する。しかし、これ以上は進まなかった。自殺だと断言する目撃者がいる国分の死。鮎子が進行中の列車内から目撃した小梶の死。彼女がどうして、この二人を殺すことができたのか。二人まで殺してしまったその動機は。そして鮎子の表情にある孤愁の翳、その孤愁の起点はどこにあるのだろうか。すべてはまだ、新田の手の届かないところにあるのだ。

この時である。

「きゃあ！」

と、初子が喉《のど》から絞《しぼ》り出すような叫び声をあげて、首を肩にめり込ませた。

新田は反射的に、視線を天井から初子へ移した。

初子の肩から胴にかけて、地図を描いたような斑点《はんてん》が散っていた。

クリーム色のブラウスに、なにかの液体を浴びせられたのである。斑点はすきとおって、肌の色が浮き出ていた。

初子の背後で、ドッと歓声が湧いた。テーブルを叩く男もいた。若い女が床を踏み鳴らしている。どの顔も大きくあいた赤い口の中を見せて、頭をゆするように左右に振っていた。

「ごめんよ……」

液体を初子に浴びせた張本人らしい男が、ジンフィズのコップを片手に椅子から立ち上がった。

「悪気でやったんじゃないんだ。つい手が滑ってよ」

男は泳ぐように上半身を突き出して来た。初子の耳のあたりに、男の頬が触れたようだった。あおざめた顔で、ハンカチをブラウスのしみに当てていた初子は、男を振り払うようにして立ち上がった。その肘が、正面《まとも》に男の額を突いた。男は腰をおとすようによろめいた。それを見て、男の仲間たちがまた笑い、囃《はや》し立てた。

「なにするんだ！　謝《あやま》っているんじゃねえか」

男は白い目を剝《む》いた。足もとも定まらず、呂律《ろれつ》もまわらなかった。男の態度は傍若無人《ぼうじゃくぶじん》であった。初子に連れがいることも黙殺しているようである。初子は新田の背後まで逃げて来た。

新田は、ぼんやり、この酔っぱらいを眺めていた。いつもなら、こういう男は無視するのが新田の主義である。しかし、今は相手が初子に迫っている。知らん顔を決め込んでいるわけには行かなかった。

男は、新田が自分をみつめていることに気がついた。すると、今度は、新田に向かって近づいて来た。新田は、肩を振りながら歩いてくる男が、立ち上がった蛙《かえる》のように見えた。

男がテーブルの縁に手を触れるのよりも、新田の靴が相手のサンダルばきの足を踏みつけた方が早かった。新田は靴で男の足の甲を踏みにじると、立ち上がりざまに相手の顎を突き上げていた。

男は仰向けに転《ころ》がった。新田はそれを引き起こして、膝頭を男の胃袋に食い込ませた。うめきながら、男は醜く顔をしかめた。

その顔が裕一郎のそれに見え、つぎに鮎子をなぐりつけているように錯覚した。まもなく男の顔が新田自身であるような気がして来た。

幾度も男にうめき声を強《し》いながら、新田は自虐的な満足を覚えた。男の仲間たちの席は、静まりかえっていた。呆然《ぼうぜん》と息をのんでいる気配だった。

新田が突き放すと、男は犬のようにゴロリと床に横たわった。

《おれは苛立《いらだ》っている……》

新田は、波打っている男の脇腹を見おろして、そう思った。自己嫌悪のような虚脱感が彼の胸にあった。

3

朝の海は青すぎて、日射しを受けとめるかげんで透明に見えた。

新田は真鶴岬の二番下の断崖にいた。ここから眺める海の印象は、来るたびに違っているような気がする。最初ここへは、鮎子に案内されて来た。そのときの海は、ギラギラと熱っぽく、底ぬけにあかるかった。いわば笑っている海だった。

二度目は小雨が降っている午後である。加瀬屋の隠居千吉と連れだって、ここへ来た。

その日の海は、北国の荒野のように暗く、そして泡立っていた。親しみを拒《こば》むように、怒っている海だった。

三度目の今日の海は、少女のように清潔な感じである。波立ちもなく、それでいて少しも澱《よど》んではいなかった。涼しげに横たわって、もの思いにふけっている海だった。今日の海は、考えている海である。

水平線に沿って、吹きつけたような雲が細長く流れていた。それが、すきとおるようなコバルトブルーの空に滲《にじ》んで見えた。

断崖の下には、さすがに白い波が盛り上がって飛沫《ひまつ》が散っていた。しかし、それも岩を嚙むような荒々しいものではなかった。岸辺を洗う——という表現がピッタリする波であった。

新田は目を細めて、断崖の下を見おろした。彼は昨夜、眠りつくまでの間に頭の中にあるものを整理した。これという結果は得られなかったが、やはりもう一度真鶴へ行ってみようという気になった。調査が行き詰まったときには、最初から出なおすより仕方がない。これは、警察官の犯罪捜査の場合とまったく同じである。最初からやりなおすには、まず犯罪現場から出発するのだ。

新田は、国分久平殺しの方から先に取り組んでみるつもりだった。理由は簡単である。小梶の場合には、鮎子は確固たるアリバイを持っている。しかし、国分殺しのアリバイは鮎子にないからだ。この点、国分事件の解明の方が容易なはずであった。

まず崩せる個所から崩して行った方が、壁は倒しやすい。

新田は鮎子が犯人であるという前提のもとに、事件を考えてみるつもりである。以前は『無』の中に犯人を求めて、犯行の可能性を考えていた。しかし、鮎子を犯人と想定して推理すれば、犯行の実際性を増すことができる。

たとえば、鮎子は国分に遺書と見せかける一札を書かした。つぎに、彼女は国分にせがんで『カトレヤ靴店』の靴ベラをとり上げた。そして六月十二日の午後五時ごろに、鮎子はこの二番下の崖の上で、国分と会う約束をしておいた。——というような推測が成り立つのである。

十二日の午後、新田は鮎子と一緒に、真鶴岬の先端へ行った。見晴茶屋で三十分ばかり話してから、新田は一人で小田原へ帰った。残った鮎子が、その後どういう行動をとったかは不明である。しかし、その日の五時ごろ、鮎子が二番下で国分と会うことは可能だったはずだ。

国分久平は小梶が殺された日の数日前から下宿を出ていたそうである。これも、鮎子のさしがねではなかったか。このときの国分は、三十万円の借金を帳消しにしてやるという鮎子の甘言によって、ある程度は彼女の意のままになっていたと考えられる。

国分を真鶴周辺の旅館にとめておいてもいいのだ。小梶の死を知らせさえしなければ、国分は不審も感じないで鮎子の指図に従っただろう。小梶の死と国分の死の間には、二日間あっただけである。国分の耳を塞ぐ手段がなかったはずはない。

六月と言えば、この真鶴岬は観光客で賑わうという時期ではなかった。朝夕は、人の気配もなく、自然林と海だけの風景になる。しかも、鮎子と来たときにすでに気づいたことなのだが、この二番下は、急カーブの道の頂点に位置している。よほど近くから目撃されなければ、この地点で行なわれることは死角にはいって、人の目に触れる心配がない。

鮎子は、ここで落ち合った国分から、口実を設けて財布をとり上げる。そして隙を狙って不意に国分を海中に突き落とす。崖の途中に、遺書代わりの手紙と財布を置いておく。

ほんらいならば、この解釈ですむ。しかし、それにはあまりにも大きな障害がある。国分他殺をまっこうから否定する障害だった。加瀬千吉の証言である。

千吉は海上の釣り舟で、国分が断崖の上から飛び込むのを、はっきり見たと言っている。突き落とされたのなら、崖の上に人影が二つあっただろう。だが、老人は『赤いシャツに黒ズボンの男が、崖の途中に突っ立っている。なにしてるんだろうと思ったとたんに、いきなり海の中へ飛び込みおったんだ』と、はっきり断言している。それから老人は、崖下へ舟をこぎよせて国分の死体を収容したのである。

あれだけ達者な千吉が、老人とは言え、そんな大きな見間違いをするとは考えられない。

もちろん、千吉が嘘をつく理由はないのだ。

風が吹いて来た。都会のそれとは違って、風にもみずみずしい味があった。新田は風に髪を嬲《なぶ》らせながら、頬をふくらませた。思索に弛《ゆる》みが来た。わかりそうでわからない手品を見せつけられて、どうでもいいから早くタネ明かしをしてくれと言いたくなる時の気持に似ていた。

新田は崖っぷちを、ガードレールに沿って行ったり来たりした。時計を見るのが億劫《おっくう》で、彼は空を仰いだ。日射しの角度から推して、十時近いというところだろう。今朝、東京発七時三分の列車で、九時九分に真鶴に着いてから、すでに小一時間が経過している。

今日中に結論を出す――と、鮎子には言ってある。鮎子はどういう気持で、その言葉を耳にしたかわからない。しかし、彼女も警戒していることは確かだ。新田にしてみれば、その言葉どおり、ぜがひでも結論を今日中に出したかった。社の調査係でも戸惑っているに違いない。同じ事件に関与しているアサヒ相互生命の塚本は、『保険金詐取の疑いなし。保険金支払いに該当する』と、報告ずみなのである。一方の保険会社が保険金を支払い、同一被保険者の契約なのに、他方の会社が、保険金支払いを差し控えているというわけには行かない。おそらく、協信生命の調査係も、首を長くして新田の報告を待っているだろう。外的条件も新田の焦燥感をあおる。彼は、目に見えていて手の届かない歯がゆさを味わった。時間だけが容赦なく経過する。彼は、自分の一歩一歩を見おろしながら、崖の上を往復した。一度靴の裏が地面に吸いつくと、一秒が過ぎ去ったことになる。そう考えながら、新田は歩みをとめることができなかった。

新田はガードレールの左端のところまで来たとき、ふと顔を上げて漁港へ通ずる坂道を見やった。道は断崖沿いに下り、魚市場の近くまでまっすぐにのびていた。

ちょうど、道が魚市場の方へ曲がるあたりに、五、六本の松の木が枝をひろげている。その松の木のかげから、ポツンと人影が現われた。服装の色彩は判別がつかないが、男のようである。男はこっちへ向かって、坂道を上ってくるらしい。新田が今朝ここへ来て、初めて目にする人影だった。一人歩きのところを見ると、男はこの土地の人間に違いなかった。

新田はふたたび歩き始めた。ガードレールぎわの柔らかい黒土には、新田の靴跡が無数に重なっていた。

直立している崖ではあったが、四、五メートルは途中までおりられる足場がある。その辺を被っている雑草の緑が鮮烈だった。時おり、その緑の中で、キラッと輝くものがあった。まだ乾ききってない草の露なのだろう。さきほどまで、盛り上がった自然の影が、このあたりを暗くしていた。

海は相変わらず静かだった。新田を黙って見守っているようでもある。こんなときの新田には、荒れ狂う海の方が似つかわしかった。海が静かであることが、残念のような気がした。

「やっぱり、来てたのね……」

と、声をかけられて、新田は歩みをとめた。その声が初子のものであることはわかっていた。だが、初子がどうして急に新田の背後に現われたのか——と、彼は振り返る前に考えていた。

「いいのよ。今日はあなたが一人でここへ来たこと、あたし責めはしないから。あたしも、ちょっと考えることがあってだれにも言わずに真鶴へ来たんだもの」

新田が顔を合わせたくなくて、振り向かないものと勘違いしたらしく、初子はそう言っていた。

新田はゆっくり向きなおった。断崖沿いの一本道には、先刻の男の人影がなかった。

「どうしたの？」

初子は腑《ふ》に落ちないという顔つきだった。新田が探るような目を、坂道の下の方へ走らせたからだろう。

「だれかと待ち合わせしてるの？」

初子が重ねてきいた。

「………」

なんでもないというように、新田は首を振った。遠目に男と見えたのは初子の姿だったのである。初子は黒い男物のワイシャツに、黒のスラックスをはいていた。わずかに、白い首筋に巻いている朱色のネッカチーフが、女としての装飾だった。こんな恰好では、遠くから見て男と見違えるのは無理もなかった。

「列車へ乗ってから、もしかすると、真鶴へ新田さんが来ているかもしれないって予感がしたの」

今日の初子は、珍しく化粧を濃くしていた。服装を地味にしているからだろう。だが、念入りに化粧をした初子は、溌剌《はつらつ》としていて美しかった。化粧をすると、こんなに目が大きくなり、口紅に歯ならびが美しく映《は》えるものとは、新田も気がつかなかった。この女のすべてを知っていることが、嘘のようであった。

「会社への報告は取り消したのか?」

新田は眩《まぶ》しそうな目をした。

「出がけに電報を打ったわ。付け加えて調査することがあるって……」

初子は崖っぷちに近づいた。彼女の動きを追うように香水の匂いが漂った。初子の香水の匂いを嗅ぐのも、新田は初めてだった。彼は今さらのように、初子に女を意識した。

「なにを思いついて、真鶴に来る気になったんだ？」

新田は初子の背中に言った。

「あなたは？」

「おれは昨日からの続きだ」

「あたし、昨夜あなたと話し合ったことから、ある可能性を発見したの。それを確かめに来たのよ」

「どんなことだ？」

「昨夜、あたし、もし裕一郎が鮎子の父親が違うことを嗅ぎつけたとしたら、鬼の首でも取ったように美子に報告しただろう、と言ったわね……？」

「………」

「ところがたった一つだけ、秘密を嗅ぎつけても、裕一郎がだれにもしゃべらなかった場合を仮定できることに気がついたの」

「どんな場合だ」

「もし鮎子が国分久平の子供だったとしたら、鮎子と裕一郎の間に血の繋《つなが》りはぜんぜんなかったわけね」

初子は横顔だけを見せて、新田に同意を求めた。新田はうなずいた。

初子の言うとおり、鮎子と裕一郎は血縁関係にない。小梶の娘であれば、鮎子は裕一郎と腹違いの兄妹ということになる。しかし、鮎子が国分と水江の結合による結晶だったならば、鮎子と裕一郎はまったくの赤の他人である。

「名目上は兄妹でも、赤の他人とわかった若い男女が、同じ家に住んでいた。ということで、ある結果が予想できない？」

「裕一郎と鮎子が肉体関係にあったというのか？」

興味なさそうに、新田は靴の先で握り飯ほどの石を掘り起こしていた。

「だったとすれば、裕一郎は鮎子との関係を隠すために、鮎子が他人であることを物語るような秘密をしゃべろうとはしないはずよ」

「だから、どうしたというのだ」

「そんなところから、小梶を突き落としたのは裕一郎だったという可能性も出てくるわけよ」

「なぜ……？」

「おそらく小梶が親として、そんな裕一郎と鮎子の関係を許さなかっただろうからよ。それで裕一郎は小梶との折合いがまずくなって、小田原の家を飛び出して行った。たださえ、小梶を憎んでいた裕一郎だもの、小梶が生きているうちは、鮎子から遠去かっていなければならないと思いつめれば」

新田は、昨夜の鮎子を思った。彼女と接吻を交わしたとき、十分男を知っている女だったと察しをつけた。全通の五十嵐課長代理の話では、鮎子は男など眼中にないといったタイプの女で、恋人もいないとのことだった。その鮎子が、すでに女として成熟していたとすれば、当然彼女をそうさせた男が、勤務先の者の目には触れないところにいたはずである。その限りでは、裕一郎が鮎子の男だったという考えはおもしろい。二人を腹違いの兄妹だと思っている世間では、裕一郎と鮎子が肉体関係にあるとは夢にも思わないだろう。

しかし、新田には釈然としないものがあった。

「それを、どうやって確認する?」

「裕一郎に会ってみるつもりよ!」

「裕一郎は小田原の家にいなかったのか?」

「今朝早く、横浜まで行ったそうよ。午後には帰ってくるっていうの。小田原まで来たからには、真鶴にも寄ってみようと思って。あなたも来ているかもしれないしね。それで、ここへ来てみたの」

「好きなようにやってみるさ」

新田は投げやりに呟いた。初子が不満そうに、眉《まゆ》のあたりを曇らせた。

「そんなあたしの想定は、愚にもつかないって言いたいの？」

「君の考えによると、裕一郎と鮎子は共犯だったということになる」

「たぶんね。小梶を殺したのは裕一郎で、国分をやったのは鮎子よ」

「どうして、国分を殺さなければならなかった？」

「鮎子の秘密を知っているのは、小梶だけではないのよ。国分も、知っていたわ。裕一郎と鮎子の関係を知れば、国分は小梶の亡きあと急に父親面をして接近を計ろうとするかもしれない。それを避けたかったのよ。とにかく国分は人に迷惑をかけるために生きている人間みたいなものなんだから」

「君らしくもない、底の浅い解釈だ」

新田はガードレールに片足をかけて、両腕をブラブラさせた。

「戸籍上、裕一郎と鮎子は兄妹ということになっている。つまり、二人の関係は法律上認められないいんだ。正式な結婚もできない。そんな二人の関係を維持させたいために、小梶という裕一郎の父親、国分という鮎子の父親――それぞれの父親を殺す馬鹿がいるものか……」

「…………」

なにか言いかけたが、初子は途中で言葉を飲み込んでしまった。言葉に詰まったようである。

新田はさらに、追討ちをかけるように続けた。

「東京へ出て行った裕一郎は、女と同棲していたんだ。それに、裕一郎は鮎子に対して冷酷だったそうだ。それが、二人が犬猿《けんえん》の仲と見せかけるための偽装工作だったというなら別だが……。恋愛中の若い男女が、そんな偽装工作を続けられる心のゆとりを持っているかどうか疑問だ」

「とにかく、あたしは自分の考えどおりにやってみるわ」

初子は小鼻をふくらませた。反抗的な態度だった。いかにも勝気な初子らしい。

「小梶が殺された十日の夕方、真鶴から遠く離れたところにいたというのは、裕一郎だけなんですからね。遠いところにいたことになっているのは、かえって疑わしいのよ。アリバイ偽装もやりやすいわ。あたしは、もう一度、裕一郎の十日のアリバイを洗ってみるわ

……」

初子は、これも黒色のバッグを腕に通した。

「おれも行こう」

新田は海に話しかけるように言って、ガードレールから足をはずした。

「どうして？」

「下手な調べようをされて、鮎子に警戒されると、こっちが迷惑だ。君はどこで裕一郎と会う考えなんだ？」

「小田原の家へ行くわ」

「それはまずい。家には鮎子もいただろう」

「いたわ。でも、そうするより仕方がないでしょう」

「裕一郎は横浜へ行って、午後には帰ってくるんだな？」

「そう」

「帰りに利用できる交通機関は、下り東海道線だけだ。小田原駅で待っていれば、裕一郎をつかまえられる」

新田は初子の思惑には頓着せずに歩きだしていた。

歩きながら、新田の胸に淡い感慨があった。二日ほど前までは、幾度か鮎子に会えることを期待して小田原の彼女の家を訪れた。不思議に、そのつど鮎子は家をあけていて、軽く失望しながら美子の応対に甘んじたものである。

しかし、今は、鮎子が家にいるとわかっている。それなのに、新田は、鮎子に会うことを避けて、小田原駅で裕一郎を待たなければならなかった。

皮肉なものである。鮎子に惹かれて、新田は異常な熱意をもって、この事件調査に没頭した。その結果、当の鮎子を疑わなければならないはめに追いやられた。

だが、新田は、最初から、この事件にかかわらなければよかったというような後悔は感じなかった。これでいいのだ、と新田は思った。皮肉な変転もなく葛藤《かっとう》もなかったとしたら、人生ほど退屈なものはないのだ。

三年前、せめてそう思い込もうと努力した時と同じ気持に、新田はなっていた。

香水の匂いで、初子がすぐ後ろを歩いてくることがわかっていた。風が鳴ると、頭上の木の枝からパラパラと雫《しずく》が散って来た。

《昨夜このあたりには、雨が降っていたのかもしれない……》

新田は遠くで考えるように、ぼんやりそんなことを念頭においていた。

4

小田原駅はかなりの人出だった。土地の人間とも旅行者とも区別はつかないが、思い思いの方向へ行きかう人々が、よけ合ったりぶつかり合ったりしていた。

白っぽい駅の建物といい、ワイシャツとパラソルが目立つ駅の混雑といい、視界の色彩を強める若々しい陽光の下で、純都会ふうの風景だった。

それでも、どこか旅先にいるという気持になるのは、すぐ目の前に箱根の山なみが迫っているからだろう。

新田と初子は、駅前の中央に立って裕一郎を待つことにした。改札口付近では混雑が激しく、かえって見のがすおそれがあるからだ。

十一時から三時までの間に小田原駅に停車する下り列車は、全部で十九本あった。このうち、新宿から小田原まで無停車という特別列車が一本あり、ほかに急行券を必要とする列車が十本ある。これらの列車を除外すれば、裕一郎が乗ってくるだろうと思われる列車は八本だけということになる。

約一時間に二本のわりで、小田原駅に到着した列車から降りてくる人々の中に、裕一郎の姿を求めればよかった。非常に間のびのした待機である。十二時を過ぎると、早くも倦怠感が二人の眼差しを鈍くした。

「帰ってくるのかしら、裕一郎……」

駅の時計が一時半を示した時、耐えきれなくなったように、初子が、そう言葉を吐き出した。

「君が、そう聞いて来たのだろう」

「見のがしたんじゃない？」

「わからない……」

「小田原駅に姿を現わすとは限っていないわ」

「そんなはずはないだろう」

「やっぱり、裕一郎を家に訪ねた方がよかったわ」

焦《じ》れてくると、女は結果を見ずに愚痴をこぼす。

新田にしても、ここで時間を空費してはいたくなかった。なにかしらしなければならないことが、あるような気がする。初子の愚痴を聞くと、なおさらうんざりした。

初子は上気した顔を、すぐ綻《ほころ》ばせた。なにか馬鹿馬鹿しいといった笑い方だった。

「腹を立ててもしようがないけど……」

と、初子は小さく折りたたんだハンカチを首筋に当てた。生きもののような小さな汗の粒が、彼女の髪の生《は》えぎわに沿って浮き上がっていた。

「あたしたちって、ちょっと職務に忠実すぎると思わない？」

「…………」

「警察だって、事件は解決したと見ているのよ。捜査本部も解散した。それなら、あたしたちだって、そう会社に報告すればいいんじゃない？　そうすれば、こんなご苦労な立ちん棒なんて、してなくてすむわ」

「おれは勝手にやっているんだ。君がそう思うなら、そうすればいいだろう」

「そうはできないわ」

「なぜ？」

「なぜって……」

「おれへの対抗意識か？」

「それもちょっぴりある。でも、それだけじゃないわ。あたし……」

初子は神妙な顔つきになった。伏目がちになり、泣き出す前のように唇の端を震わせている。新田には、それがわざとらしく感じられた。

「鮎子がどんな女か、トコトンまでつきとめてやりたいの。あなたが、興味を持った鮎子って女を……」

「鮎子に対する対抗意識か」

ニコリともしないで、新田は言った。

「嫉妬かもしれないわね。あなたのために嫉妬するだけのかいがあるかどうか、わからないのに……。人間って無意味なことばかりしているみたい」

初子はしだいに声を低くして、語尾はほとんどひとり言になった。

軽井沢へ向かう列車の中で口をきいた北海道の男も、確かそんなようなことを言っていた——と、新田の脳裏に霧の碓氷峠が浮かんだ。だが、視線だけは駅の入口に据えられていた。その目に、見覚えのある腺病質の男の顔が映った。

「来たよ……」

新田は無表情のままポツリと言った。

二時に小田原到着の沼津行きの電車に乗って来たらしい。裕一郎は、グリーンのカッターシャツを着て、両手をズボンのポケットに浅く入れていた。落ち着かないという素振りは少しもなかった。まっすぐ向けた顔には、ただ家へ帰ろうとしている淡泊な表情があった。

「待っていたとは思わせない方がいい」

新田は、ごく自然な足どりで裕一郎の方へ向かった。裕一郎が歩いてくる直線に、新田と初子は斜めに交差した恰好になった。

「やあ……」

新田が二メートルと離れていないところから声をかけた。先に足をとめたのは、裕一郎の方だった。

「あ……」

裕一郎は戸惑ったような顔をしてから、女性的な柔らかい微笑を見せた。

「また真鶴へでもいらしたんですか?」

「いや、これはちょうどいい。できればあなたに会いたかったんです」

新田は、初子を振り返りながら言った。

「なんの用です?」

「実は、保険金支払い準備のために、必要書類を作らなければなりませんが……今日は警察関係の書類をもらいに、真鶴まで来たんですがね――」

新田は口から出まかせに言って、ここにその書類がはいっているというように、右手にぶら下げた背広の上着を振って見せた。

「ところが、どういう手落ちか、あなたにも小梶さん殺しの容疑がないと明記された個所が見当たらないんです。おそらくあなたが関西へ行かれていて、まだ事情聴取が行なわれないうちに国分久平という犯人が確定したせいだと思うんですが、この点、あなたからはっきりお話をきいておきたいんですよ」

「しかし、事件が解決した以上、ぼくが無関係だということは明瞭じゃないですか」

裕一郎は首をひねった。

「それがね、報告書類というものは形式がうるさいのです。六百万円という額の大きい保険金を支払うのですから、書類の不備となると見のがしてはくれないのですよ」

「そうですか……」

わかったような、わからないような、憮然《ぶぜん》とした裕一郎の顔つきだった。

「お手間はとらせませんよ。ほんの十分ばかりつきあってください」

新田は適当な場所を探して、駅前の商店街を見渡した。

「あれがいいわ」

初子が、新築の建物を指さした。駅に近い商店街の角で、クリーム色の壁に『紫苑《しおん》』というライラック色の文字が掲げてあった。

『紫苑』は一階、中二階、二階と複雑に曲がりくねった階段で結んだ、フルーツ・パーラのような大きな喫茶店であった。昨夜東京で『緑園』のような店にはいり、今日、小田原でこのような豪華な喫茶店を見るのが、チグバグな感じだった。『緑園』『紫苑』と名前が似通っているのも不思議である。

中二階の、帽子を立てたような型の椅子にすわると、ライラック色のユニホームを着たウェイトレスが注文を聞きに来た。

「バナナサンデーでもいただくわ」

初子が指を三本立てて、そう頼んだ。

店のコンクリートの床には、靴を濡らさない程度に水が撒《ま》かれてあった。みごとな棕櫚《しゅろ》の鉢が、あらゆる空間に並べてある。長い間、日光の直射を浴びていた身体に、店の中のひんやりとした空気が心地《ここち》よかった。

「簡単なお話でけっこうなんですが……」

裕一郎がたばこに火をつけ終わるのを待って、新田はもっともらしく手帳をとり出した。

「あなたは、今月の十日ごろ、旅行中だったそうですね？」

「ええ、うちのタレントを連れて、大阪へ行ってきました」

吸い込んだ煙が、裕一郎のしゃべるにつれて吐き出された。

「お仕事で？」

「そうなんです。大阪のテレビ関西へ行ったんです」

「あなたはそうしていつもタレントについて旅行されるんですか？」

「いや、今度の場合は特別です」

「どうして今度に限って、旅行されたんです？」

「今度のテレビ関西で、うちのプロダクションのタレントとしては珍しく重い役をもらえたんです。それで、ぼくも一応顔を出しておいて、今後の便宜《べんぎ》も計ってもらえるように挨拶しに行ったんです」

裕一郎は、はにかむように笑った。

「なるほど、それで十日の夕方から夜にかけて、あなたは大阪のどこにいらしたんですか？」

「そのことは警察からの問い合わせにも答えたんですが、十日はちょうどリハーサル……つまり立ち稽古だったんです。ぼくは午後二時ごろ宿舎の南海《なんかい》ホテルを出て、堂島《どうじま》のテレビ関西のスタジオにはいりました。三時ごろから八時ごろまで調整室から立ち稽古を見てましたよ。五時ごろ、テレビ関西の食堂へ飯を食いに行きましたが……」

「そのことを証明してくれる人たちも、いるわけですね？」

「ええ。その番組は火曜文芸劇場というやつで、うちのタレントが出演したのは〝壁の外に〟という題名のドラマでした。この番組の関係者が幾人も調整室にいましたから、証明してくれるでしょう。現に警察は証明者の確認をとって納得したんですから」

自信ありげに裕一郎は言った。

「わかりました」

新田は初子の方を窺《うかが》った。きくことはないか、と目で念を押した。初子はチラッと新田を見返したが、すぐ視線をおとした。言うことはないようである。

あっけないほど簡単に話はすんだ。注文した品物が、話がすんでから運ばれて来たくらいだった。三人は口数少なく、パナナサンデーをさっさと食べた。

「どうもお手数をかけました。これで報告書類が完成しますから……」

新田は、コップの水を飲みほした裕一郎に会釈《えしゃく》した。

「いや、どうもご苦労さまです」

愛想のつもりなのだろう。裕一郎は新田と初子に半々にそう言うと、椅子を後ろへ滑らせて立ち上がった。

「鮎子さんにも、報告書類が完成したからご安心なさるようにとお伝えください」

新田は階段の方へ行きかけた裕一郎に、そう言った。裕一郎は一つうなずいて、階段をおりて行った。

裕一郎は、どうせ家へ帰って鮎子や美子に、新田たちと会って質問を受けたとしゃべるに違いない。鮎子に警戒させないためにも、新田はそう言伝《ことづて》を頼んで機先を制したつもりである。

真鍮《しんちゅう》の手すり越しに、『紫苑』を出て行く裕一郎の後ろ姿が見おろせた。

「満足したかい……」

新田は階下へ目をやりながら、脚を組んだ。

「どうやら裕一郎のアリバイは確からしいわね」

初子は素直にそう認めた。

「でも、念のために調べてみるよう、うちの社の大阪支社に電話で頼んでみるわ」

「どこで電話を借りる？」

「そうねえ、一時間ばかり、返事の電話を待たなきゃならないし……。ねえ、あなたもつきあってくれる？」

一瞬、初子は目を輝かした。自分の思いつきに自分で満足している顔だった。

「うん……」

新田は曖昧《あいまい》な返事をした。事実これからどうするか、彼は迷っていたのだ。初子につきあっているのは時間がもったいないような気がするし、そうかと言って、行動の方向を具体的に見定めているわけでもない。

「じゃあ、千巻へ行きましょうよ」

「千巻？」

それが何の名前であったか、思い出すまでに新田は短い間考えなければならなかった。

「旅館よ」

初子が不服そうに付けたした。新田は、わかったというように立ち上がった。千巻は、真鶴道路へ抜ける小田原のはずれにある旅館だった。初子にとっては、記憶に刻み込まれている旅館だろう。とっさに新田が思い出せなかったことを怒るのは無理もない。

新田は千巻へ行って、畳の上に寝転《ねころ》がるのもいいと思った。とにかく、なにかが、喉まで出かかっているのだ。どんな拍子に、それが飛び出すかわからない。環境を変えて考えてみるのも一計である。

『紫苑』を出ると、新田と初子はタクシーで『千巻』へ向かった。

千巻旅館は、今日もたいした客の入りはないらしく、薄暗く閑散としていた。帳場の女中が二人の顔を覚えていた。温泉マークの旅館とは違って、昼間から男女の客があっても、ジロジロと淫猥《いんわい》な目でなめまわそうとしないのは、気楽だった。

初子はその場で、大阪へ電話を申し込んだ。女中は気をきかせたつもりか、二人を二階の『松原の間』に案内した。

「二、三日前に来たところとは思えないわ」

初子は窓の欄干《らんかん》に腰かけて、若やいだ声を張った。

新田は、電話で、ウィスキーを置いてないか訊いてみた。用意してはないが、すぐ買ってくるという帳場の返事だった。

「珍しいのね。新田さんが飲む気になるなんて……」

初子がテーブルの前へ戻って来た。

新田は黙って、肘枕で寝転んだ。床の間には同じ安物の掛け軸がかかっていた。ダルマの掛け軸だった。

「ねえ……」

初子は遠くを見るような目をしていた。彼女がなにを言い出したいのか、新田にはわかっていた。女は過ぎ去ったものを、思い出という形で大切にする。初子の場合は、過去と言っても三日前のことなのである。男を受け入れたこの場所へ来て、その時の痕跡をなまなましく甦《よみがえ》らせたにちがいない。痕跡とは不安な幸福であり、甘美な後悔なのだ。初子はそれを反芻《はんすう》しながら、その痕跡を忘れたいと願っている。忘れるには、三日前と同じことを再現するより仕方がない。そして、これからもそのことを持続するよう男に約束させるのだ。

一枚の紙を隠すために、同じ紙をその上に貼りつける——新田は、これが男女関係だと思っている。

新田は沈黙をつづけていた。すぐかたわらに初子の膝がある。正座しているせいか、ズボンがはち切れそうに、堅そうな腿《もも》の肉が盛り上がっている。腰の丸味も、やはり女だけにある曲線のなだらかさだった。これが二番下で、遠目に男と見えたのだから不思議だ、と新田は思った。

つぎの瞬間、新田はむっくり起き上がった。

「五時、五時だった……」

「え？」

初子は目を丸くした。不意に背中を叩かれたときのような顔だった。

「二番下の断崖から、国分が墜落したとき、海上から加瀬千吉がこれを目撃していた。だから、国分は自殺と断定された。だが、なぜ国分は海上に釣り舟がさしかかった瞬間を狙って海へ飛び込んだのだろう。裏返して考えれば、加瀬千吉が目撃してくれることを計算に入れて飛び込んだということになる」

「それ、どういう意味なの？」

初子は面食らったようである。新田がとうとつにブツブツと呟き始めたからだろう。

「国分がなんのためにそんなことをしたっていうの？　自殺したということの証人が必要だったなんてことないでしょう」

「いや、加瀬千吉が目撃したのは国分じゃない。鮎子が飛び込んだところを見たのだ」

「………！」

初子が目を光らせた。彼女にも新田の言わんとすることは通じたようだった。

「鮎子は、加瀬千吉の孫娘と小田原の高校で同級生だったたって聞いたわね」

「千吉がそう言っていた。鮎子は幾度か、わしの家へ遊びに来ていた、とも言った」

千吉に二番下まで案内されて、国分自殺の模様を説明してもらったときだ。老人は、妙な因縁《いんねん》だと言って、鮎子との繋《つなが》りを話してくれた。

「すると鮎子は、釣り気違いで有名な千吉が毎夕五時になると、二番下の沖合へ舟をこぎだして行くことを知っていたわけね？」

「千吉は目撃者として絶好だった。彼に国分が飛び込むところを見せて、自殺の確証にしようとしたんだ」

「鮎子は泳ぎが達者だったのかしら？」

「子供の時から、真鶴へは毎年夏になると、かよったと言っていた。おそらく、岩の根の位置、水深などにも詳しかったのだろう。それに鮎子は水泳が非常にうまかったそうだ」

このことは、全通の五十嵐課長代理の話の中にもあった。水泳が非常に達者で、社内対抗のレクリエーションのときは花形だ。どうやら彼女の水着に拍手を送る男性も多いらしいが——と。

「おれはさっき二番下で、歩いてくる君を男と見違えた。三百メートルも距離をおいて見れば、服装しだいで性別が判然としなくなる。崖の上に赤いシャツと黒ズボンという印象的な男の服装で人の姿があった。その人間が海へ飛び込む。加瀬千吉は、その場へ舟をこぎよせた。赤いシャツに黒ズボンの国分久平の死体を発見した。こうなれば、だれだって崖から飛び込んだ人間と、崖の下で溺死していた人間とを同一人と思い込む。加瀬千吉が目撃した崖から飛び込んだ人間は鮎子だった。三百メートル離れた海上から見たのだ。おれが君を男と見違えたように、加瀬千吉も鮎子を女とは確認できっこない」

「国分は、すでに、崖から突き落とされたあとだったわけね」

「五分なり十分なり前に、国分は突き落とされていたのだろう。国分はウィスキーを飲まされて酔っぱらっていた。鮎子にも容易に突き落とせただろうし、酔っていた国分は泳ぎもできないのだから、成功率は高い。あまり、前もって水死させては、水死体に変化があらわれるし、死亡時間にズレが出てくる。おそらく五分ないし十分前だろう。鮎子は遺書となる手紙と財布を崖の途中に置き、五時ごろ海上へ現われるはずの加瀬千吉を待った。千吉はその時、町の子供たちの間で流行《はや》っている花火の音を聞いて、顔を上げたと言っていた。おれは、子供たちが林の中ででもそんな悪戯《いたずら》をしていたのだろうと簡単に解釈していた。だが違うんだ。その花火を鳴らしたのは鮎子だった。もちろん、千吉の注意を断崖の方へ向けさせるためだ。鮎子だから、その花火が真鶴の町の子供たちの間で流行《はや》っていること、そして岬でそれが鳴っても不自然でないことを知っていたんだ。おまけに、赤いシャツという目立つ服装を、国分にもさせて、自分もしていたのに違いない。それで、千吉が崖の方を向いたと思われた瞬間を狙って、鮎子は海へ飛び込む。千吉は懸命に舟をこいだ。しかし崖の下まで行くにはだいぶ手間がかかる。その間に鮎子は潜水しながら岩の間を縫って泳げば、崖下からいくらか離れた岩陰へでも、千吉の目には触れずに行きついたはずだ。あとは千吉が死体を収容して港へ引っ返すのを待って、自然林伝いに陸へ上がればいい。脱《ぬ》いで隠しておいた洋服と着替えられるような場所は、あの鬱蒼《うっそう》とした樹海の中にいくらでもある」

加瀬千吉は崖の上はよく見えたと言った。だから、国分久平が飛び込むのを目撃したと証言した。老人の網膜に焼きついたものは、確かにそのとおりだったに違いない。

しかし、崖の上から人が飛び込むのを見て、千吉は、はたして、それが『男』と判断しただろうか。彼は『男』ではなく『人間』が飛び込んだと見たのではないか。発見したのが男の水死体であったから、前後の状況を繋《つな》ぎ合わせて『男』が飛び込んだと千吉なりに決め込んだのだろう。小さな漁港の純朴な老人だから、飛び込む人間と死んだ人間が別人だなどと疑ってみるはずがない――というより、こういうところに、人間の不正確さ、不確実さがあると解釈すべきではないか。目で確かめただけではなく、それに人間の思惑、観念というものが加えられて事実が狂わせられてしまうのだ。

小梶の死についても、そのよぶんな思惑やら観念やらが、とんでもない錯覚を招いているのではないか——と、新田は思った。

女中がウィスキーとアイスウォーターを運んで来た。初子は二つのグラスにウィスキーを注いで、一つを新田の前に押しやった。

「国分殺しの壁は破れたわ」

初子は重く吐息して、ウィスキーをなめた。まるで、彼女が粘《ねば》りに粘って一人、ここまで到達できたような口ぶりだった。

新田は努力したわりに、少しも解放感を味わえなかった。初子の言うように、国分殺しの壁は崩れた。しかし、あるべきはずの充足感がない。黙々と信念だけでここまで噛《か》じりついて来たことが嘘のようだった。

《なぜだろう》

新田はグラスに盛り上がった琥珀色《こはくいろ》の液体をみつめた。

小梶の死が、まだ片付いていない。だが、それで解放感が味わえないのではないだろう。やはり、事実を探り出すにつれて、それだけ鮎子の存在が遠のいて行くからだろうか。確かに、新田は鮎子の首に巻いた綱を少しずつ締め上げて行く。

新田はウィスキーを呷《あお》った。食道が熱くなった。だが、後頭部には妙な冷たさがあった。

部屋の電話が鳴った。東日生命大阪支社からの電話であることは、応対する初子の言葉つきでわかった。

電話は短かった。初子は電話を切ると、すぐ振り返った。

「裕一郎のアリバイは確かだったわ。テレビ関西の第五スタジオの調整室にいたことは間違いないって……」

「これで、鮎子の単独犯行は確定的だ」

新田は自分にいい聞かせるように言った。

「でも、小梶殺しの方は、どうにもしかたがないじゃないの。鮎子の単独犯行だとしたら、どうして小梶を突き落としたの。鮎子は列車の中にいたのよ。こんなにオープンなアリバイってないじゃないの」

「おれは、列車に乗ってくる」

「列車に？」

「もう一度、真鶴のあの崖の下を列車で通ってみるんだ」

新田はウィスキーのびんに口をつけると、目を閉じて三口四口とラッパ飲みした。

「ちょっと待って！」

せがむような目で、初子が新田の膝に縋《すが》って来た。だが、新田は、彼女の胸を静かに押しやって、立ち上がった。

5

新田は小田原から下りの列車に乗り、真鶴まで行った。真鶴で今度は上り列車を待った。初子は堅い表情ではあったが、黙ってついて来た。

真鶴駅のホームへはいって来たのは、五時五十四分発の列車だった。伊東《いとう》からくる上りの電車で、車内は伊豆からの帰りらしい若い男女で満員だった。疲れを知らないのか、彼らの饒舌《じょうぜつ》と嬌声《きょうせい》はまるで遠足に行く小学生のようであった。

新田は車内へはいると、左側のドアに身体を押しつけて、窓ガラスの外を眺めた。急行〝なにわ〟に乗っていた鮎子も、この側の席についていた。つまり、新田はあの時の鮎子と同じ視界を持とうとしているのだ。

上り電車は発車した。急行〝なにわ〟は真鶴にとまらない。したがって、速力の点で条件の相違はあった。しかし、やがてカーブの地点にさしかかると、〝なにわ〟も極度に速力を落とす。鮎子の場合とほぼ同じ条件で、崖を見上げることができるはずである。

海が山あいに見え隠れし始めて、車輪の響きが、両側の崖にはね返る。まったく、あの〝なにわ〟に乗っているときと同じであった。

あのときは、斜め前に鮎子がいた。沈んだ眼差し、翳《かげ》のある横顔を見せて、闇を迎えた窓外を眺めていた。新田は、あの車内の情景を思い浮かべた。

鮎子はバッグから白いハンカチを出して、額に軽く当てていた。右手にはアクセサリー用のものらしい朱色のハンカチを持っていた――そして。

ガクンと列車の速度が落ちた。カーブにさしかかったのだ。新田は顔を斜めにして、窓の外を見上げた。あの崖が見えた。車内から見上げると、思ったより崖の上が高かった。しかし、崖の上まで見通せた。作りかえたらしい柵が、チラッと目をかすめた。

あの崖の上から突き落とされれば、確かに鮎子の目にはいったはずである。

と思っているうちに、列車はカーブを曲がりきって、崖の上は視界から消えた。

十分後に列車は根府川駅に停車した。新田と初子はここで下車すると、ふたたび反対側のホームへ滑り込んで来た下り列車に乗り込んだ。

新田はデッキにたたずんだ。

あの日、小梶の事件について、東京駅のホームで、新田は、

「列車というものは、ある地点を瞬間的に通過するものだ。そのある地点とある時点が一致した瞬間に、崖の上から父親が突き落とされ、列車の中から娘がそれを見た。四つの条件が交錯したわけだ」

と、初子に言った覚えがある。

しかし、小梶の死は鮎子の計画的な罠《わな》であったとするならば、この四つの条件は、交錯するようにあらかじめ用意されていたことになる。

その四つの条件とは、小梶がカーブ地点の崖の上にいること。鮎子が列車内にいること。小梶が崖の上に立つ時間。列車が崖付近を通過する時間、ということだ。

「あたし、思うんだけどね……」

初子が気をとりなおしたように声をあげた。

「鮎子の犯行だとすれば、小梶は崖の上から突き落とされたのではないということになるんでしょう?」

「と答えるより仕方がないだろう」

新田は海の方を見た。傾斜した丘の裾のあたりで、落日に赤く染まった海が一瞬覗いた。

「とすると、鮎子の犯行と言っても、それは犯罪にならないんじゃない?」

「しかし、故意に小梶を死に至らしめた、となれば、商法六百八十条の保険者の免責事由の範疇《はんちゅう》だ。保険金支払いは停止される」

「でも、突き落とされたのではないというと……鮎子はどうやって小梶を崖の上から引きずり落としたのかしら」

「小梶が崖から落ちるのを、列車の中から目撃した者は三人いる。高良井刑事から聞いた話では、突き落とされたのを見たというのは一人。それも鮎子自身だ。あとの二人は、突き落とされたのだろう、というのと、そんな気がする、という曖昧《あいまい》な証言だ。殺されたという条件が揃っていたから、突き落とされたと解釈された。しかし、考えてみれば突き落とされたという確証はないんだ」

「あたし、あのとき、列車の中で秘書課長が鮎子にお説教しているのを小耳にはさんだんだけど、その中で、会社では急務の出張だから往復とも飛行機にしろって言ったのに、飛行機は気分が悪くなるから汽車にしてくれって勝手なことを言って、と鮎子を責めていたけど、どうやら飛行機に酔うっていうのは嘘で、鮎子にはどうしても汽車で帰って来なければならないっていう理由があったらしいわね」

「そうだ。あの時間にあの崖の上に小梶を立たせて、鮎子は〝なにわ〟に乗ってあの地点を通過する必要があったんだ」

「あの地点の特殊性を考えてみるべきだと思うわ」

「おれも、その点を考えてみた。崖が急カーブしているレールに面してある。したがって、崖の下を通過する列車が速度を落とす。ただそれだけのことだ」

その言葉を裏書きするように、列車が徐行を始めた。レールの軋《きし》むような音が聞こえた。

列車は急カーブして、やがて真鶴駅の構内へはいった。

二人は列車を降りた。調査はまた中途半端で挫折《ざせつ》した。途方にくれた迷い子みたいなものだった。行く当てもない。まさか駅のベンチにすわっているわけにも行かなかった。

新田は五味志津の店へ行ってみようと思いついた。飲みたいわけではなかったが、志津の店へ行くと、生前の小梶に直接触れているような気になる。それがなにかを教えてくれるかもしれないという、藁《わら》をもつかむ気持であった。

「どこへ行くの？」

駅を出ると、初子がきいた。目的地があって歩いて行く新田の足どりだったからだ。

「飲み屋だ」

「こんなところに知っている店があるの？」

「小梶がよく行ってた店だ。おもしろい女がいる……」

志津の店へ行く道順はよく覚えていた。路地の右側に、傾きかけた二階家と新築らしい牛乳屋とにはさまれた店先の『バー・志津』という赤提灯を認めた時、新田は昔かよった飲み屋へ来たような懐かしさを覚えた。

店の中には赤茶けた裸電球の鈍いあかるみがあった。覗いてみると、カウンターの中に赤ん坊を背負った顔色の悪い四十女が、ぼんやりすわっていた。客は一人もいなかった。

まだ電灯の下で一杯やるには早い時間だからだろう。

「志津さんはいないんですか？」

新田は店の中へはいって行くと、女は鈍重そうな顔を上げた。

「ええ。小田原まで行きました」

「小田原？」

「亡くなった人にお線香を上げに……」

よだれの垂れそうな口のききようだった。

「いつごろ行ったんです？」

志津は小梶の家へ行ったな、と思いながら新田は訊《き》いた。

「三時ごろ出かけたから、もう帰りますよ」

「あんた、留守番？」

「店番、頼まれたんです」

店の中は雑然として、うす汚れている感じだった。カウンターの上も埃《ほこり》っぽく乾いていたし、隅に並べてある空の一升びんが無精《ぶしょう》ったらしかった。それにこの女の存在が店を暗くしていた。赤ん坊を背負っている女がいては、飲む方も惨《みじ》めな気持になるだろう。

初子も、もの珍しそうにあたりを見まわしながら、丸椅子《まるいす》に腰をおろした。

「なにか飲みますか？」

女は斜視らしい目で、新田を見た。

「栓《せん》をあけてないウィスキーがいい」

こういう店で飲むには、それがいちばん無難《ぶなん》だと新田は思った。

女はあちこち探しまわってから、ウィスキーの角びんとグラスをカウンターの上に置いた。

「この店をやっている志津というのが、小梶の女だった」

新田はウィスキーをグラスに自分で注いだ。

「へえ、小梶に女があったの……？」

丸椅子が安定しないのか、初子は腰のすわりを試していた。

「女と言っても、愛人なんてものじゃない……」

志津に言わせれば、小梶も悩んでいた、彼女も寂しかった、だから二人は身体をぶっつけ合っていた、のだそうである。

「長い間の関係だったの？」

「そうだろうな。しかし、四月の半ばごろ、別れている」

「別れた？」

「志津はパッタリ来なくなっただけだと言っている」

「四月の半ばごろって言えば、長女の美子が家出同然の結婚をしたのと、同じころね。この時期の一致に意味があるのかしら」

「別れた理由か？」

「そう。小梶はそのう……いわば欲望のはけ口に、ここの志津って女を利用していたんでしょう？」

「そうだろう」

「その小梶がパッタリ来なくなった。言い換えれば、志津を必要としなくなった。ということは、ほかに女ができたんじゃない？」

「……………」

小梶は苦悩していたという。志津はそれを恋の悩みかもしれないと言った。志津を抱いたあとの、小梶の虚《うつろ》な顔から、そう察したというが、こんな場合の女の観察はあんがい鋭いのではないか。

すると、今の、志津に代わる女ができたのではないかという初子の思いつきと、辻褄《つじつま》が合ってくる。つまり、志津の想像を当てはめれば、小梶は恋をしていた女と首尾よくいったということになる。

初子の思いつきは妥当だった。長い間の習慣を断つには、それ相当の理由がある。小梶がにわかに禁欲生活に切り換えたとは思えない。志津を必要としなくなったのは、小梶に新しく女ができたためだという解釈は当然であった。

それが時期的に美子の結婚と一致しているのは、どういうわけだろうか。偶然の一致とは考えられない。娘の家出という、小梶の生活にとって一つの大きな変化と、新しい女ができたという転換が、なんの因果関係もなく生ずるはずはない——。

新田は胸がシンと寒くなるのを感じた。彼は組んでいた脚を、つまずいたようにはずした。椅子が軋《きし》って鳴った。まさか、と彼はいったんは否定した。打ち消したい想像だった。新田は珍しく心臓の鼓動が強まっているのに気がついた。衝撃というより驚愕《きょうがく》である。手にしているグラスを、思いっ切り叩きつけてやりたかった。

「鮎子が小梶の娘でないことを、彼女に教えたのは裕一郎ではない」

新田は猫背気味に肩を落とした。身体中の力が抜けて行くのは、アルコールのせいばかりではなかった。

「鮎子にそれを教えたのは小梶自身だ」

「なにを言い出すの？」

初子は顔をしかめた。

「小梶にとっても、鮎子は赤の他人だった。小梶には、少しも血の繋《つなが》りのないふつうの女と同じだった」

「小梶の新しい女が鮎子だったというの？」

「まさか、と言いたいだろう」

「言いたいわ」

「しかし、事実だ。小梶は水江を愛していた。その溺愛《できあい》ぶりは、ほかの男の子供をみごもっていた水江と結婚したことでも想像がつく。その水江は死んだ。小梶は孤独に耐えきれなかったろう。ところが、水江の面影をそのままにしたような鮎子が、しだいに一人前の女に成長して行く。小梶は、鮎子の中に生きている水江を見いだしたんだ」

「だって、鮎子は小梶の妻の娘じゃないの。しかも、戸籍上はもちろん、世間では小梶の実の娘として通っているんでしょう」

「しかし、血縁関係はない。一緒に生活していたから娘だというだけで、別居していたら、ほれた女の娘ということになる。鮎子に女を感じたって仕方がない」

新田はかつて、小梶という男を血の匂いのプンプンするような生臭い人間と想像したことがある。それに、志津も小梶という人間について、一本気で情熱的で、そのくせ意志も弱いし、五十にもなって甘ちゃんで、と言っていた小梶の人格を考えたとき、鮎子に男としての欲望を感じたという想定はあり得ることだった。

　志津の観察どおり、小梶は恋をしていたのだ。それも、形式上は自分の娘となっている女への愛だ。年も、三十から違う。もちろん、結婚も望めない。それでいて、毎日毎晩同じ屋根の下で生活していなければならない。小梶が苦悩するのは当然だった。

「じゃあ……美子が結婚したことで……」

「美子の存在が小梶の理性の支えになっていたのだろう。だが、その美子が家出をしてしまった。小田原の家に、小梶と鮎子は二人きりになった……。小梶は自分を押さえきれなかった。父娘《おやこ》と考えれば常識では割り切れない。しかし、男が愛している女と二人だけで生活していたと考えれば、こういう結果になるのも不思議じゃない」

「そのとき、小梶は鮎子が自分の血を引く娘ではないことを打ち明けたんでしょうね」

「もちろんそうだろう。力ずくで鮎子を犯したにしろ、愛の告白という形で、こういう関係になることも許されていいのだと、すべての事情を話したろう」

「それにしても、鮎子にとって、これほどの衝撃はなかったに違いないわ」

　初子は同情的に言った。

　新田は沈黙した。鮎子の驚愕は容易に想像できる。父とばかり思い込んでいた小梶に肉体関係を強《し》いられ、重ねて出生の秘密を打ち明けられたのである。十九歳の娘に、それがどんな打撃を与えたことか。おそらく彼女の人生で最大の傷痕となっただろう。たとえ、そのことで鮎子が発狂したとしても無理はない、と人は言うに違いない。

鮎子は濁《にご》った芽であった。生まれる前に、彼女はすでに父に捨てられていた。母はまるで猫のようにほかの男に譲り渡され、その母親の苦悩を胎内で受け継《つ》いで、鮎子は生まれた。鮎子の顔を覆う孤独の翳は彼女の出生を起点として運命づけられていたのかもしれない。

新田は凝然《ぎょうぜん》と動かなかった。

小梶とのことがあってから、鮎子の翳は一段と濃さを増しただろう。小梶に対する殺意が、そうさせたに違いない。ここに、彼女の二度目の孤独への起点があったと考えるべきだった。

小梶と鮎子は、傍目《はため》も羨むほどの仲のいい父娘《おやこ》だったそうだ。しかし、小梶と鮎子が別の意味で他人ではなくなってからは、彼女の小梶に対する愛情のこまやかさは偽装であったと見ていい。

たとえば、小梶は二週間ほど前に、東京駅の階段を滑り落ちて右脚をくじいている。五十嵐課長代理の話だと、そのとき小梶は酔っぱらっていて、鮎子が一緒だったらしい。これを鮎子が故意にやったことだと考えたらどうだろう。酔っぱらいの足にでもつっかかれば、小梶はそれが計画的に鮎子がやったことだと気づく前に、階段を滑り落ちたに違いない。足でも怪我してくれれば、崖の上から落としやすくなるという期待があったのかもしれないのだ。

「わかって来たような気がする」

新田は言った。

「四つの条件、つまり、ある時刻に小梶があの崖の上までくること。同時刻に鮎子が乗っている列車が、あの崖下を通過すること。この条件を揃えるには、前もって小梶と鮎子の間で打ちあわせをしておく以外に考えようがない。鮎子は出張に行く前日にでもあの崖の上へ行って、国分からとり上げておいたカトレヤの靴ベラを置いて来た。めったに人が行かないところだし、たとえだれかが行ったとしても、捨ててある靴ベラを拾って帰る者はいないだろう。靴ベラが持ち去られなければ、小梶の死後、当然現場に残された犯人の遺留品ということになる。鮎子は目撃者として、人が突き落とされたと証言するつもりだったから、靴ベラが遺留品とされる自信があった」

「小梶と鮎子が打ちあわせたとしたら……鮎子には、小梶をあの崖の上で待たせておく口実があったことになるわ」

「それがなにだったかだ」

「まさか、列車の中の鮎子を見送りに来たわけじゃないでしょう」

「しかし、少なくとも、崖の上の小梶と、列車内の鮎子とは、あの地点でなにかをなんらかの方法で連絡し合ったと考えるべきだろう。そうでなければ、なにもあんな条件を揃える必要はなかったんだ」

「連絡……と言っても合図ぐらいの程度のものね。二人があの地点で接するとしても、ほんの一瞬間だったはずですもの」

「あの地点へさしかかった時、鮎子はなにか変わった仕種《しぐさ》を見せなかったか？」

「変わった仕種《しぐさ》って……？」

「車内の人には気づかれずに、それとなく合図するような……」

「あの時の鮎子は……」

初子は瞑目《めいもく》した。

「確かハンカチをバッグから取り出したな」

新田はグラスを口もとで止めた。

「そう！」

目を開いて、初子は声を高くした。

「アクセサリー用の朱色のハンカチを持っていたけど、それとはまた別に、バッグから白いハンカチを出して……」

「それだ」

新田はグラスをカウンターへ投げ出すように置いた。ウィスキーがはね上がって、グラスの外へ散った。

「赤いハンカチと白いハンカチ。赤と白だ。合図にはもってこいの二色だ。つまり、イエスかノーを、白か赤で示すわけだ」

「すると、崖の上の小梶は、なにかの返事を列車内の鮎子から合図によって受け取るのが目的だったわけね」

初子の口調が、興奮したそれになった。

「でも、いったい、なんの返事だったのかしら。あの日、あの場所で、小梶がどうしても欲しかった返事って……」

「機構改革の、およその見当だ」

新田は身体の向きを、壁の方へ変えた。自分で驚くほど、滑《なめ》らかに言葉が口をついて出た。

「機構改革?」

初子の不審の視線を、新田は背中に感じた。この解釈については、新田は初子に説明してやらなければならなかった。

全通始まって以来の大機構改革で、中堅幹部以上の社員たちが仕事も手につかないほど大恐慌を来たしていたということは、五十嵐課長代理から聞かされた。

辞令一本で北海道の函館《はこだて》あたりへ飛ばされるというのだから無理もない。昨夜、鮎子も言っていたが、出張で大阪本社へ行く彼女をつかまえて、なんとか機構改革の内容を探って来てくれ、と頼み込む課長もいたそうだ。

小梶もその中の一人であったはずだ。五十嵐が言っていたように、小梶は、酔って怪我したために二週間も社を休んでいること、会計課員の使い込み事件で部長から叱責されたこと、などの点で勤務評定を気にして、とくに機構改革に伴う配置転換を心配していたのである。

東京支社の課長のポストを放すまいときゅうきゅうとしていた小梶が、機構改革決定の日まで、なにも手がつかないほど落ち着きを失っているということは想像できた。

鮎子が大阪本社へ出張すると聞いて、小梶は一も二もなく自分が現在のポストを失わずにすむかどうか、探ってくるように頼んだはずである。

鮎子はそれを引き受けた。もちろん本気で承知したわけではない。小梶をあの崖の上に立たせる口実のためだった。しかし、鮎子は、秘書課長と同行するのだから、とてもふつうの通信方法では知らせることができない、と言ったのだろう。小田原駅で返事を伝えることも、秘書課長の手前、できることではない。それに、東京へ帰ったらすぐまたその足で仙台へ向かうことになっている。結局、列車の窓からハンカチの合図をするより方法がないと言って、鮎子は例の崖の上を指定する。上り急行〝なにわ〟が崖下を通過する時刻に、崖の上で待っていれば、列車の中から『安全』『転勤』の合図をする、と約束する。

小梶にとっては重大なことである。東京にいられるのか地方へ飛ばされるのか、一刻も早く知って気を落ち着かせたい。そこで鮎子の指示どおりにしたがう。当日、小梶は崖の上へ行き、急行〝なにわ〟の通過を待ったのである。

「そこまではわかったわ。でも、それだけでは、どうして小梶が崖から転落したのかという答えが出ないわ」

説明を聞き終わって、初子が言った。

「これだ……」

新田は暗い目で、カウンターの上を示した。カウンターには、こぼれたウィスキーを指先で引きのばして、地図のようなものが描かれてあった。突き出した部分を迂回《うかい》するように、半円を描いて線が引いてある。どうやら、崖とそれを迂回している線路の図のようであった。

「小梶は崖の上の、この木柵のところに立っていた。鮎子は承知の上だが、小梶はこの木柵の根元が使いものにならないほど腐食していたことを知らなかった。手をかけるぐらいならば木柵も倒れないから、おそらく小梶は木柵に手を触れていただろう。木柵ギリギリのところに立たなければ、下を通過する列車を完全に見おろせないからだ」

「そこへ、鮎子の乗っている列車が来た……速力をグンと落とすわね」

「小梶は期待と不安に、鮎子の合図を見定めることで夢中になっている。このとき、列車内で鮎子は二色のハンカチを取り出している。しかし、彼女は、はっきりとどちらかのハンカチを見せなかった。赤のような、白のような二枚のハンカチを曖昧《あいまい》に振ったのだ。小梶の方は、鮎子の合図を確認できない。この間にも、列車は進行している。鮎子が振っているハンカチが赤とも白とも判別がつかないうちに、列車はカーブして崖の陰へ消えて行く。人間の習性で、見きわめのつかないものは一秒でも長く見ようとする。だが相手が走っている列車だ。見送る恰好になって、小梶は必然的に木柵に乗り出す。小梶の体重が、腐食している木柵にかかるわけだ。木柵は根元から倒れる。右脚の不自由な小梶に、踏張る力はなかった。彼は柵もろとも、崖下へ転落して行った。一方、鮎子は列車内という完璧《かんぺき》な安全圏内にいて、人が崖から突き落とされた、と騒ぎ立てればよかったのだ……」

新田は、しゃべり疲れたというように、肩で大きく吐息した。店のなかに、張り詰めたような空気はなかった。　店番の女のような、澱んだ静寂があった。　初子は裸電球を見上げていた。

なにも知らない者が見たら、行きつくところまで行きついた男女が場末の飲み屋で、思い思いの感慨にふけっている、とでも映《うつ》っただろう。それほど、怠惰な放心状態だった。この時の新田と初子の顔は『むだ』の象徴のようなものであった。

通りをトラックが行くと、店全体がカタカタと揺れた。だが、それとは別に軽い地響きが伝わって来た。路地へはいって来た足音が響いてくるらしかった。

「お帰んなさい」

間のびした声で、カウンターの女が言った。

「ただいまア」

酔った女の声が店の中へはいってきた。

「ああら、よく来てくれたわねえ」

志津は、新田の振り返った顔を見て、大袈裟《おおげさ》に手をひろげるとゲラゲラ声を出して笑った。この前会った時よりも志津は老《ふ》けたように見えた。酔って顔に艶がないせいかもしれなかった。

「あたしね、告別式のときは遠慮して、今日そっとお線香上げに行ったのよ」

腰の安定を失って、志津はガラス戸に背をぶつけた。

「そうしたらね、美子と裕一郎のやつが、もう鮎子さんをいじめてんだ。あたし、鮎子さんがあんまりかわいそうだったから、ご馳走になった酒の勢いで、鮎子さん、店へ連れて来ちゃった……」

その言葉に、新田と初子は言い合わせたように店の外を振り返った。

夜の闇を背景に、人形のように白く凍った鮎子の顔があった。鮎子は澄みきった眼差しで、新田をみつめていた。瞬間、新田は、

「母は美しすぎたのです」

と、それが悪いみたいに言ったときの鮎子を思い出した。

新田はゆっくり立ち上がって、店の外へ出た。鮎子のそばへ行くと、彼女の匂いがした。その匂いが彼の胸を締めつけた。彼はここで、鮎子を力一杯抱きしめたい衝動に駆られた。見おろす鮎子の髪の形が、肩のあたりが、これほど愛《いと》しく感じられたことはなかった。

新田は、彼女から二、三歩離れて、深く息を吸い込んだ。

「行きましょうか……」

とってつけたように、彼は言った。鮎子は素直に新田の方へ向きなおった。

「国分久平は、まるっきり泳げなかったんですね。娘のあなたが水泳は達者だったってい

うのに……」

「…………」

痙攣《けいれん》するように肩を震わせたが、鮎子はコクンとうなずいた。

「今夜は赤と白のハンカチをお持ちじゃないでしょうね。さあ、行きましょう」

もう一度促《うなが》して、新田は歩き出した。鮎子は二、三歩足を早めて、新田と肩を並べた。

初子が少し遅れて続いた。

「どこへ行っちゃうのよお」

とどなりながら、さらに志津が追って来た。

「小梶は、あたくしをだれにもやらないと言いました」

鮎子が穏やかな声で言った。

「あたくしに恋人ができたら、お前は父親と関係した女だと恋人にしゃべってやるって言うんです。だれが見ても、小梶はあたくしの父親なんです。あたくしは小梶との関係をだれにももらさないようにするのと同時に、小梶からなんとしてでものがれようと決心しました。ところが、小梶との関係を、不意に家を訪れて来た国分に感づかれてしまったのです。あたくしの身を護《まも》るために、そして憎悪を消すためにも、この二人を殺せば、あたくしは解放されるような気がしたんです。保険金は、あたくしにぜひ必要なお金でした。小田原の家を出れば、あたくしはたった一人なんです。それに、小梶からそのくらいの慰謝料を取る権利があると思いました。あたくし小梶に言ったんです。あなたのものになった、あたくしの将来はどうなるの？　せめて生活の保証ぐらいは欲しいって。そして、保険料の一部はあたくしが負担するからって保険加入を説得したんです。もちろん、小梶はあたくしの真意について、疑おうともしませんでした。だけど……」

鮎子の表情が歪《ゆが》んだ。せめて苦悩を表面には出すまいとしているようである。憑《つ》かれたような目を前方にすえていた。

声に出して泣けばいい、と新田は思った。そうすれば、冷ややかに彼女を傍観できるような気がした。

「それまで、たった一人の父として愛して来た男を、あなた、と呼ばなければならない苦痛……生理的な嫌悪でしたわ。国分に対しては、ただの男という以上のものは感じませんでしたけど」

駅前の大の字の交差点へ出た。鮎子は、自分から、真鶴警察へ通ずる坂道の方へ曲がった。

「新田さんも、なにか悲しい思い出のようなものがあるのではないんですか……あたくし、そんな気がするんですけど……」

ふと気をとりなおしたように、世間話でもしているような、淡々とした鮎子の口調になった。

新田は苦笑した。悲しい思い出という少女めいた鮎子の表現がおかしかったのである。

「聞かせてほしいわ」

背後から初子が言った。

「別にとりたてて言うようなことじゃないんですがね。ただ、殺されかかっただけなんです。身内の者にね」

「どなたにですか?」

「妻ですよ。平凡な女でした。それだけにぼくも信じていたんですが……。三年前なんですが、ある日曜日、昼飯に作ってくれた寿司《すし》を食べたんですよ。そうしたら妙な味がするんです。ぼくは慌《あわ》てて吐き出しました。それを見た妻が、いきなり逃げ出したんです。ぼくは、わけもわからずに追い縋《すが》った。吸いさしのたばこを持っていたんですが、その火が妻の目の中にはいりましてね。……」

「あなたを殺そうとした原因はなんでしたの?」

「妻は自殺してしまいましたが、あとでわかったことによると、男ができた、ただそれだけ、ただそれだけのことなんです」

一息に吐き出すように新田は言った。

行先が警察であることを思い出したのは、その建物の前に来てからだった。

「昨夜からこうなるのではないかと、覚悟はしていたんですけど……逃げたって、結局は一人ですから……」

鮎子は笑おうとしたらしかった。だが、笑顔になる前に、彼女はもう真鶴署の入口へ向かって、前こごみに歩いて行った。

「新田さん……」

初子が右手を差し出した。握手を求めているのだ。そして、その握手は、女としての初子が、男としての新田に別れを告げることを意味しているようだった。

《おれが、この女の孤愁の起点になるかもしれない》

新田はそう思った。

二人は短い握手を交わした。新田は歩き出しながら、ポケットからたばこをとり出して一本抜いた。だが、彼はすぐ思いなおしたようにそれを路上に捨てた。背中に、見送っている初子の視線を感じた、酔った志津の調子っぱずれの歌声も、彼を追ってくるようだった。

坂道へ出ると、黒い海に漁港の灯が揺れているのが見えた。ふと、灯が空にも映《うつ》っているように錯覚しそうであった。暗い空だった。

一ヵ月後、新田は新しい調査の仕事のために広島《ひろしま》へ向かう途中、列車の窓から真鶴の街《まち》を見た。このとき、東日生命やアサヒ相互生命の調査員たちも一緒だったが、初子と塚本の顔はなかった。塚本は小梶事件の調査不完全の責任を感じて辞《や》め、初子は一身上の都合という理由で辞職したそうである。

だれの話しかけにも応じようとしないで、新田は、相変わらず虚《うつろ》な目を宙にすえていた。真鶴は、すでに過去の街だった。

Closing

有栖川有栖

※本編を読了後にお読みください。

この作品を笹沢ミステリの代表作に挙げる方は、どこがお気に入りなのか？　リサーチをしたことはないが、色々な見方がありそうだ。ある人にとっては奇抜なトリックであり、別のある人にとっては思いも寄らなかった犯行の動機だったりするのだろう。

私はというと、Introduction の最後に書いたとおり〈世にも奇なる犯罪の風景〉なのだが、トリックに確実性が乏《とぼ》しいことに引っ掛かる読者がいらっしゃるかもしれない。「うまくいくか？」と言われたら、「うまくいった、という物語です」も一つの回答ではあるのだけれど――。

ミステリ用語をまじえてご説明させていただくと、あのような殺害方法＝こうすれば相手が事故や病気で死ぬかもしれない、という方向への誘導を、江戸川乱歩はプロバビリティ（確率）の犯罪と呼んだ。谷崎潤一郎の「途上」という短編（発表されたのは乱歩のデビューより前）を読んで発見した概念《がいねん》である。

原理は先に述べたとおりで、「途上」では妻の存在を消したくなった夫がバス事故の多発に目をつけ、なるべく妻がバスに乗るように仕向けるのだ。それも死亡率が最も高い一番前の座席に乗るように勧める。

目的が達せられる確率は極めて低く、殺人計画としてはあまりにも悠長であるが、そのような誘導をいくつも繰り出せば確率は少しずつ上がっていく。そんなことをする奴はいないよ、と言われるかもしれないが、谷崎の小説はそんなことをする奴はいないだろ、という人物であふれている。

成功の期待はごく薄い一方、メリットが二つある。第一に、自分が直接的に手を下さないので罪悪感に煩《わずら》わされず、犯行時に抵抗されて失敗するリスクがないこと。第二に、すべてが露見《ろけん》しても罪に問われない完全犯罪であること。

乱歩が感心したのは主に第二のメリットについてだろう。よほど気に入ったようで、その種の手口をどっさり投入した「赤い部屋」という短編を書いている。

谷崎が描いたのは人間の悪意の形（犯人の男を糾弾《きゅうだん》する探偵の悪意も含む）であり、触発された乱歩は猟奇趣味・探偵趣味の発露として同様のアイディアを作品化してみせた。

笹沢左保は、どちらでもない。そのような手段を使えばアリバイが偽装できる、と考えたのだ。かなり飛躍《ひやく》した発想なので、ここでプロバビリティの犯罪がくるのか、と初読の際は驚かされた。

本作の犯人は、死への誘導をいくつも繰り出してはいないようだが、狙った相手を駅の階段で事故に遭わせようとするなど（自分が足を出すというやり方は直接的すぎるが）、プロバビリティの犯罪への志向性は持っている。作中で明かされていないだけで、成功の前に百の空振りがあったと想像することもできるのだ。

かくして「四つの条件が交錯」して恐ろしいほどの偶然に見えていた風景が、完全なる必然によって生じたものであることが最後で明かされる。その必然はあまりにも空想的なトリックの産物だった。

シーソーの傾きが逆になった時、どちらにも恐ろしいものが乗っていたことが判る仕組みで、私にとって『空白の起点』はそんな奇談でもある。

読了後、冒頭に戻って読み返せば、作者が物語の始めから周到に伏線を敷いているのに気づく。ただ、その時点では深い意味を持たないので、これが事件を解く鍵だな、と見抜くのは困難だろう。

犯人・真相へと至る道筋にも伏線は用意されていて、社会派全盛の時に〈新本格〉を標榜《ひょうぼう》した作者らしいテクニシャンぶりと言うしかない。

映画について少し付言すると、改変されたタイトルが真相を暗示しすぎているし、プロバビリティの犯罪の面白さが観客に伝わりにくいと考えたのか、トリックは再現されていない。しかし、鉄道ファンは急行〝なにわ〟など往年の電車の映像が楽しめるし、天知茂ファンは天知茂（新田役）が堪能《たんのう》できる。最後に挿入歌『空白のブルース』が流れ、渋い歌声も聴けます。

本作は1980年6月刊の講談社文庫版を底本といたしました。作品はフィクションであり実在の個人・団体などとは一切関係がありません。

なお、本作品中に今日では好ましくない表現がありますが、著者が故人であること、および作品の時代背景を考慮し、そのままといたしました。なにとぞご理解のほど、お願い申し上げます。

（編集部）

徳間文庫

有栖川有栖選 必読！ Selection 2

空白《くうはく》の起点《きてん》

2021年12月15日 初刷

著者 笹《ささ》沢《ざわ》左《さ》保《ほ》

発行者 小宮英行

発行所 株式会社徳間書店

東京都品川区上大崎三-一-一
目黒セントラルスクエア 〒141-8202

電話 編集〇三(五四〇三)四三四九
販売〇四九(二九三)五五二一

振替 〇〇一四〇-〇-四四三九二

印刷 製本 大日本印刷株式会社

ISBN978-4-19-894701-9 (乱丁、落丁本はお取りかえいたします)